大家小书

历代笔记概述

刘叶秋 著

北京出版集团公司
北京出版社

图书在版编目（CIP）数据

历代笔记概述 / 刘叶秋著．— 北京：北京出版社，2016.6

（大家小书）

ISBN 978-7-200-12189-6

Ⅰ．①历… Ⅱ．①刘… Ⅲ．①笔记—文学史—中国 Ⅳ．①I207.6

中国版本图书馆CIP数据核字（2016）第112604号

总策划：安 东 高立志　　责任编辑：马祝恺 高立志

·大家小书·

历代笔记概述

LIDAI BIJI GAISHU

刘叶秋 著

*

北京出版集团公司
北京出版社　出版

（北京北三环中路6号 邮政编码：100120）

网 址：www.bph.com.cn

北京出版集团公司总发行

新华书店经销

北京华联印刷有限公司印刷

*

880毫米×1230毫米　32开本　9.25印张　151千字

2016年6月第1版　2023年6月第5次印刷

ISBN 978-7-200-12189-6

定价：38.00元

质量监督电话：010-58572393

序　言

袁行霈

“大家小书”，是一个很俏皮的名称。此所谓“大家”，包括两方面的含义：一、书的作者是大家；二、书是写给大家看的，是大家的读物。所谓“小书”者，只是就其篇幅而言，篇幅显得小一些罢了。若论学术性则不但不轻，有些倒是相当重。其实，篇幅大小也是相对的，一部书十万字，在今天的印刷条件下，似乎算小书，若在老子、孔子的时代，又何尝就小呢？

编辑这套丛书，有一个用意就是节省读者的时间，让读者在较短的时间内获得较多的知识。在信息爆炸的时代，人们要学的东西太多了。补习，遂成为经常的需要。如果不善于补习，东抓一把，西抓一把，今天补这，明天补那，效果未必很好。如果把读书当成吃补药，还会失去读书时应有的那份从容和快乐。这套丛书每本的篇幅都小，读者即使细细地阅读慢慢地体味，也花不了多少时间，可以充分享受读书的乐趣。如果把它们当成补药来吃也行，剂量小，吃起来方便，消化起来也容易。

我们还有一个用意，就是想做一点文化积累的工作。把那些经过时间考验的、读者认同的著作，搜集到一起印刷出版，使之不至于泯没。有些书曾经畅销一时，但现在已经不容易得到；有些书当时或许没有引起很多人注意，但时间证明它们价值不菲。这两类书都需要挖掘出来，让它们重现光芒。科技类的图书偏重实用，一过时就不会有太多读者了，除了研究科技史的人还要用到之外。人文科学则不然，有许多书是常读常新的。然而，这套丛书也不都是旧书的重版，我们也想请一些著名的学者新写一些学术性和普及性兼备的小书，以满足读者日益增长的需求。

“大家小书”的开本不大，读者可以揣进衣兜里，随时随地掏出来读上几页。在路边等人的时候，在排队买戏票的时候，在车上、在公园里，都可以读。这样的读者多了，会为社会增添一些文化的色彩和学习的气氛，岂不是一件好事吗？

“大家小书”出版在即，出版社同志命我撰序说明原委。既然这套丛书标示书之小，序言当然也应以短小为宜。该说的都说了，就此搁笔吧。

从容涵泳　放眼考量

宁宗一

我和文友相识，有的是先见其人，后读其文；有的则是先见其文，后识其人，和叶秋先生相识是属于后者。因为教学与科研的关系，20世纪60年代初我就认真拜读过叶秋先生的《魏晋南北朝小说》《中国古代的字典》和《古典小说论丛》，这三本书皆具精思与沉潜并重的特色，在当时已称得上是“大家小书”了。

真是有缘千里来相会。1980年，当时任中华书局总编室副主任的黄克先生出于对母校的深挚感情，为加强中文系古典小说戏曲的学科建设，热情推荐叶秋先生到南开大学中文系任教。事情办得很顺利，系主任朱维之先生立即批准，诚聘叶秋先生为中文系兼职教授。缘——这根丝线一下就把叶秋先生和我们古典小说戏曲研究室连在了一起，几近八年的时间，我们在一起编织了研究中国古典小说戏曲的“情结”，这段时间正是南开大学小说戏曲研究最出成果的日子，其影响力在高校同行中是有目共睹的。

叶秋先生从北京来南开讲学，每月少则一次，多则两三次，即使后来他在担任商务印书馆《辞源》副主编期间，他也要抽空坚持每月来研究室讲课。在1984年以前，他每一次来大多都由我到东站接送，若能住上一两天时，晚饭后，就是我和叶秋先生交流、谈心的最佳时刻，也是我逐步走进他的心灵的时刻。我发现这位年逾古稀的饱学之士思维的活跃，观察力的邃密，视域的开阔，介入的深广，他的获知力实在令人惊叹。更为可贵的是，他富有极强的当代意识，他既以全副生命抗拒着传统文化的僵化和腐化，批判专制主义及其体制下造成的政治——伦理的异化，同时又敏感地警惕、防范着人文的沦丧、价值的旁落、生命的钝化、灵性的消亡、人性的物化。我想，这就是我心目中一位文史大家以其学识的睿智反省历史和认知当代的学术品格。

从叶秋先生这一代学人来说，他们几乎都能做到中西逢源，古今无阻，触类旁通，书为人役，遗章无忌，学术心灵充分地自由。然而具体到叶秋先生，他不仅仅是中国历史文化知识的讲解者，而且是一个思考者。他善于从任何进入他感觉范围的事与书中，极为迅速地转化为思想的闪光，从而体现出他的人格精神。由于有我的文字记载作为实证，不妨略作转述：那是1981年的一个晚上，叶秋先生同我谈起了他深沉的忧患意识，他认为中国是一个经历了太多苦难的民族，好像整个民族被掐住了喉咙，无法自由呼吸。紧跟着他话锋一转说，但是一旦把每个单个的人拉出来，细加分析，用心灵去倾听心灵的声音，你会发现貌似麻木的外表下，都有一颗郁勃、激越的灵魂。我当时受到了很大启发，接着他的话茬儿谈出了自己的感受：受到残害的人虽处绝境，但对生命的渴望仍埋藏在心底，中国人的心灵深处是西方人甚至国人中的某些人也无法探测的，它像泉眼，越往深处挖，泉水越往外涌。叶秋先生听后深以为然，鼓励我把这些看法写下来，后来我真的把这些话写进了我的一篇研究戏曲的文章中了。这次的对话，叶秋先生对我的启示实际上涉及到一个民族对生命的感应和信念，涉及到人性的至尊，从中我也看到了叶秋先生的终极关怀。

叶秋先生有过坎坷的人生经历，然而他却对他人有着一颗大悲悯之心。他从不以“冷”和“清”来对待人。面对人生的乖戾与悖论，承受着由己及人以及由人及己的震动，使他不仅对自己的疼痛有知觉，而且对别人一样有知觉。在我的人生中曾面临过多次的精神打击，我曾真诚地向他倾诉过，很快他写了八个遒劲的大字送给我：笑以化怒，静以养心。这幅字，我把它裱了起来一直挂在我的斗室正面墙上，始终作为我调整心态的座右铭。

叶秋先生还从自己切身体会中深知学问来之不易，因此对别人的研究成果一贯尊重，绝不自以为是，即使提出意见、提出商榷也极注意分寸，所以在学术上从不采取对抗态度，也从不与学术对手“据理力争”，他完全以一介书生、一位普通学人面目出现，这一点似也缓解了学界的很多矛盾。于是学术心态上的真诚、谨严和下笔矜慎就成了他全部研究工作的重要特点。在我的心中就有一个很生动的例子，足以证明上述的认知。1984年4月叶秋先生为我的一本小册子写了一篇题为《探幽发微　议论纵横——第一个读者的话》的序言。就是在小书即将付梓时，我突然收到叶秋先生写于5月6日的一封信，现不妨将全信照录如下：

宗一兄：

到津得畅聆，麈论为快！昨午后正点抵京，祈勿念。大集序文略作增删如下：

①“可以作为读《儒林外史》的指南针”一句后请加两句：“听说这篇文章发表后引起学术界广泛的重视，得到极高的评价，世有真赏，理固宜然。”

②“离开作者的议论见解，材料与考据就失去了作用和目的”一句下面“如谈《聊斋志异·促织》一文”到“振笔请命”，整段删去，下面另接一段“吴祖光同志”一节即可。

余另叙，即颂

刻祉

弟

叶秋　　5.6

抛开短札中那些对我鼓励的话，先生那种对人的尊重和严谨、沉实、一丝不苟的治学精神，着实令人感佩。我想这就是学者的风度、平等对话的态度和大家话语吧！

我和叶秋先生之所以一见如故，倍感亲切，现在可以得到解释了。过去读他的书，感受到的那种真诚、纯正、本色而又富于睿智的文章风范，不由自主地与他这个人相协调一致起来。那种因文字，也因人文合一所产生的身心体验，便带给我一种精神极其舒畅的亲切感。从此，叶秋先生注定成了我的良师益友。

叶秋先生一生耿介自守，绝不同流合污，而在学术上不肯与人争胜的飘然不群的气貌更是人所公认。比如，相对于纷纷攘攘、一窝蜂地拥挤在几部长篇小说的研究界，很多人对于笔记的研究依然消极。尽管多数批评家不再将笔记视为杂书小道，但是一种漠视仍然隐匿于他们的论题选择之中，这种现象在部分青年学人中显得更为突出，因为他们太缺乏应有的学识准备。面对叙事方式逾越出了一般小说常规之后，他们就缺失了新的研究锋刃所相应制作的理论产品。面对笔记小说中所幻化的艺术世界的千奇百怪，他们研究中的审美思维却循着一定之规，而不能理解笔记体已征兆着时代精神业，已酿就了新的审美情感方式。针对这种学术研究态势，叶秋先生既依据自身的志趣和素质选择了历代笔记作为深入开掘的研究对象，同时也是为了补阙拾遗。

叶秋先生在为研究生讲课时反复强调的都是这样的观点：历代笔记充溢着中华民族丰厚的精神气质，它是叙事文体园地里的一株微纤而又极富生命力的菁英；它展示的是中国随笔体的绰约风姿；它隶属于作家的生活经历、人生体验和学术心得范畴，并较为完整地保留了中华文化的原生色彩，本身具有亲历性和体验性特征；它在平实文字中，大多深藏着作者的学术智慧和深厚的知识功底；它具有取材广泛、手法灵活的特点；它以相对凝定的视角，从点滴日常生活到学术研究再到典章制度，一一开辟具有风韵的学术和艺术天地，而这一切又大都标示出作者对过去和当下的生活世界的文化的深邃反省、思索和忠实记录，因此历代笔记往往具有回忆和纪实色彩。基于此，叶秋先生特别看重笔记这种更为结实有力的文体，这种更为宽泛、更具有包容胸怀的样式，因为它体现了一种比较沉实稳定又富有张力的文化精神。

在写法和技巧上，叶秋先生充分肯定笔记体的自由酣畅和易为难工。它同样讲究气韵生动，而这一切又都来自于古代笔记作者善于观察社会，领悟学术真谛，有了这份真实描写对象的基本功，再进一步走向传神的境界。其中优秀的笔记小说还能化思情哲理为形象，发挥平常事理为意象，从而使笔记体以小见大，涵纳无限。这些观点几乎都扼要地凝聚在他的《历代笔记概述》中了。这就是为什么今天重读这部“大家小书”仍然觉得它血肉丰满、有理有据，无枯燥乏味之弊，而是智性十足，真正达到了学识与才情的结合，广博与精深、新颖与通达等的平衡与调适。从中我们也不难发现他治学方法上的特点，即以考证为先行，联系和扣紧文本的外在因素（时代、环境、影响、作家生平等），同时保留对作品本身的审美意趣和艺术敏感与直觉，这无疑是一种灵性和智性高度结合的新实证主义的批评方法。

从以上我对叶秋先生学术成果的粗线条的勾勒，细心的读者稍加注意就会发现，在我和叶秋先生相处七八年的时间里，我是直接的受益者，起码有两点对我的学术生涯有着很大影响：一、凭借研究对象以寻求文化灵魂和人生真谛，探索中国文化的历史命运和中国人文知识分子的人格构成；二、把握历代笔记与中国小说戏曲在我国民族文化发展史上相互参定、相互作用、同步发展的特点，并在此基础上建构属于自己的古典小说戏曲艺术研究的整体世界。

具体到《历代笔记概述》的阅读活动和接受过程，人们也会逐渐发现，这部看似很小的书，却是一部可分可阖可折可接的大书。平面地看，它是历代笔记的“概述”，是一部为今后阅读笔记的“导读”之作，然而其材料背景，却有其碧海掣鲸的历史大场面在，自有其云蒸霞蔚的人文景观在。所以能吸引你去从容涵泳，放眼考量，步入其中则如渡云海，如观沧海，自有一番难忘的无限风光，这就是小中见大的阅读效应。进一步说“概述”的每章每节，皆自成段落，自有中心，自有布局，自成独步苑囿，有门户可接纳不循序而入的观览者。你若好整以暇，顺序读之，可依据书中的指点，探寻伏脉千里之草蛇灰线，可窥心灵史之起伏跌宕，可窥作家的忧患心、现实感，勾绘出历史运行轨迹；倘若你世务丛脞，劳人草草，或偶然掠读，或随意抽读，或竟破卷检读，亦可睹一段山阴道富春景，可见别有洞天之旖旎风光。一部知识性、导读性的著作能具有这样大的可读性，是很值得我们玩味的。

叶秋先生离开人间已整整十四年了。记得刚听到他仙逝的消息时，就想写一篇追思的文章，但由于世事纷扰，一直没能命笔，叶秋先生在天之灵，当不会怨我忘记故人吧！感谢上苍，在先生的《历代笔记概述》以新的面貌再版时，北京出版社写信来约我为先生的大作写一篇序言，结果竟引发了我诸多思绪。十八年前叶秋先生为我的小书写了长序，没想到先生过早谢世，现在却由我为先生的书写序，白驹过隙，实令人感慨系之！

纸张寿于金石。《历代笔记概述》一定会在读者中继续流传。倘叶秋先生地下有知，当亦欣然瞑目矣。

2002年11月16日

于南开大学西南村

目　录

第一章　绪论

第一节　笔记的含义和类型

“笔记”二字，本指执笔记叙而言。如《南齐书·丘巨源传》所说“笔记贱伎，非杀活所待”的“笔记”，即系此意。由于南北朝时崇尚骈俪之文，一般人称注重辞藻、讲求声韵、对偶的文章为“文”，称信笔记录的散行文字为“笔”。梁刘勰《文心雕龙·总术》云：“今之常言，有文有笔，以为无韵者笔也，有韵者文也。”所以后人就总称魏晋南北朝以来“残丛小语”式的故事集为“笔记小说”，而把其他一切用散文所写零星琐碎的随笔、杂录统名之为“笔记”。至于以“笔记”两字作书名，则大约始于北宋的宋祁，他著有《笔记》三卷。

古代笔记可以分为几种类型呢？这要先从古代“小说”这一名称的概念谈起。《庄子·外物篇》说：“夫揭竿累，趣灌渎，守鲵鲋，其于得大鱼，难矣；饰小说以干县令，其于大达亦远矣。”“小说”二字，始见于此。但庄子所谓小说，是指他认为远离大道的浅薄言论，和后来讲故事的小说全不相干。汉班固在《汉书·艺文志·诸子略》内所列小说十五家，则又包含像子书的、像史书的、讲礼制的以及一些巫医、术数的著作，内容相当杂乱。班固把他当作“街谈巷语，道听途说者之所造”的价值不高的作品都归入小说一类，也并不是指具有特点的文学形式而言。后来的封建文人，大都承袭班固的观点，把不本经典的论述，比于小道，叫作小说；把琐闻、杂志、考证、辨订等等无类可归的记录，也一律称为小说。虽然到宋初，小说已有了较清楚的范围，如李昉等编《太平广记》辑录由汉魏到五代的小说，即不再把那种没有一点故事性的杂著包括在内。可是明人所编《五朝小说》，内容仍很杂乱，把《齐民要术》、《三辅决录》、《古画品录》以及《诗品》、《禽经》、《竹谱》之类，也全算作了小说。直至清代，还有人保留老的看法。如唐封演的《封氏闻见记》是以考证为主，兼记故实的见闻杂录，而卢见曾称之“说部（即“小说”）之佳者”[1]；宋王应麟的《困学纪闻》，乃讲经史兼

①见《封氏闻见记》的卢见曾序。

评诗文的读书笔记，而阎若璩亦指为“说部”[①]。由此足见前人并不注意区分什么叫小说，何者为笔记；所以往往把杂录、琐记统称为“笔记小说”。其实“笔记”并不都是小说；古代“小说”也并不限于“笔记”一体。这样说法，不仅还包含着轻视小说为小道的意思，而且显示出对笔记的各种类型也缺乏明晰的辨别。

明胡应麟曾把小说分为六类，其说如下：

> 小说家一类，又自分数种：一曰志怪，《搜神》、《述异》、《宣室》、《酉阳》之类是也；一曰传奇，《飞燕》、《太真》、《崔莺》、《霍玉》之类是也；一曰杂录，《世说》、《语林》、《琐言》、《因话》之类是也；一曰丛谈，《容斋》、《梦溪》、《东谷》、《道山》之类是也；一曰辨订，《鼠璞》、《鸡肋》、《资暇》、《辨疑》之类是也；一曰箴规，《家训》、《世范》、《劝善》、《省心》之类是也。[②]

① 翁元圻注的《困学纪闻》有阎若璩的儿子阎咏的题识，其中提到：“或有问说部书最便观者，谁第一？家大人曰：其宋王尚书《困学纪闻》乎！”

② 见胡应麟《少室山房笔丛》卷二十九丙部《九流绪论》下。

在这六类中，除传奇非“残丛小语”式的小说，箴规类如《颜氏家训》等书宜属于子部杂家类外，其他四类都是笔记体。另外，像《四库全书总目提要》分小说为叙述杂事、记录异闻、缀辑琐语的三派，实际只为胡应麟所列的杂录、志怪两类。就小说范畴言，这样的分类较前简明适当；以笔记的内容论，则嫌包括未尽。但四库书目收入子部杂家类的著作，却有不少正是我们所说的笔记，如唐李匡乂的《资暇集》、宋朱翌的《猗觉寮杂记》、吴曾的《能改斋漫录》等等都是。归纳一下从魏晋到明清的笔记看，大致可以分为三大类：

第一是小说故事类的笔记。始魏晋迄明清的志怪、轶事小说从晋干宝的《搜神记》、南朝宋刘义庆的《世说新语》到清纪昀的《阅微草堂笔记》、王晫的《今世说》等，都属于这一类。

第二是历史琐闻类的笔记。始魏晋迄明清的记野史、谈掌故、辑文献的杂录丛谈，从晋人伪托汉刘歆的《西京杂记》、唐刘餗的《隋唐嘉话》、李绰的《尚书故实》到清王士禛的《池北偶谈》、褚人获的《坚瓠集》等，都属于这一类。

第三是考据、辨证类的笔记。始魏晋迄明清的读书随笔、札记，从晋崔豹的《古今注》、唐封演的《封氏闻见记》、宋沈括的《梦溪笔谈》、戴埴的《鼠璞》等到清钱大昕的《十驾斋养新录》、孙诒让的《札迻》等，都属于这一类。

这里的第一类，即所谓“笔记小说”，内容主要是情节简单、篇幅短小的故事，其中有的故事略具短篇小说的规模。二三两类，则天文、地理、文学、艺术、经史子集、典章制度、风俗民情、轶闻琐事以及神鬼怪异、医卜星相等等，几乎无所不包，内容极为复杂，大都是随手记录的零星的材料。这两类只能算作“笔记”，不宜称为“笔记小说”。但这样分作三大类，仍难周密。因为笔记一体，本来以“杂”见称，一书之中，往往兼有各类，如《封氏闻见记》于考据之外，并记故实；《梦溪笔谈》亦不专重辨证而兼及艺文杂项；甚至像《阅微草堂笔记》为追踪晋宋的志怪小说而间杂考辨；《池北偶谈》为记掌故、文献的杂录，也列有“谈异”一门，语及鬼神。这样为之分类，就不免有顾此失彼之感。所以胡应麟指出他所分的小说六类，是“姑举其重”，并认为“从谈、杂录二类，最易相紊”[①]。其实古代的历史与小说，有时亦难分界限。像《世说新语》所写的人，都是历史上有名的真人，而所记的事，则大多出于传说。因此这部书既可以算作小说，也不妨称为历史，实际兼跨小说、历史两类。把它入于小说故事项下，不过是姑从一般的看法来分。本书此处

① 见胡应麟《少室山房笔丛》卷二十九丙部《九流绪论》下。

归纳古代笔记为三大类，也无非粗举大凡而已。

我们不仅要为笔记分类，还应该给它划出一个范围，才好论述。可是，什么叫作笔记，笔记有什么特点，哪些作品可以算是笔记等等，恐怕是见仁见智，看法各有不同，未必能得出一致的结论。所以我写这本小书，也只是就个人的意见来加以去取。我认为笔记的特点，以内容论，主要在于“杂”：不拘类别，有闻即录；以形式论，主要在于“散”：长长短短，记叙随宜。因此，凡是较为专门的著作，一概不录：如晋皇甫谧的《高士传》、元辛文房的《唐才子传》等等，专谈一时一类事实的书不录；如后魏杨衒之的《洛阳伽蓝记》、阙名的《三辅黄图》、宋陆游的《入蜀记》等专叙地理古迹和记行之书不录；如晋嵇含的《南方草木状》和《茶经》、《蟹谱》之类专记动植物之书不录。此外，如《颜氏家训》、《二程语录》等等家训、语录以及《廿二史考异》、《十七史商榷》之类专门考订史书的札记，当然也不在本书论述之列。这样，稍稍有个范围，再把每一朝代各种类型的笔记分别主从，择要介绍，就可以使读者抓住点头绪，不至感到古代笔记“犹河汉而无极”了。

不过，虽然划出这样一个范围，有时也不能太拘，须要稍稍变通。比如南朝梁宗懔的《荆楚岁时记》，专记风土，本应在排斥之列；而其中多存故事、传说，为一时名著；这就有必要论述介绍，不受前谈几项“划界”原则的限制。以此类推，可见谈哪些书、不谈哪些书，还要各视具体情况而定，没法都在这里交代清楚；至于去取是否适宜，评价有无偏爱，那就有待于读者指出了。

第二节　笔记的渊源与名称

笔记这种体裁，汉代已有，如班固的《白虎通义》（一名《白虎通德论》，简称《白虎通》）、应劭的《风俗通义》（简称《风俗通》），实际就是考据辨证类的笔记。《白虎通义》虽为讲说五经而撰，但分题立论，如爵、号、五祀、社稷、礼乐等等，解释甚详，各具系统，可藉以了解古代的政教制度，和一般的经传注疏不同。《风俗通义》则分门别类地论述事物，如其中的愆礼、过誉、十反等篇，就事论人，颇似《世说新语》的人物品评；正失篇纠正俗说之谬；声音篇考据音律、乐器等等，就更像后来的丛谈兼辨证的札记一类。此外，如蔡邕的《独断》、应劭的《汉官仪》，也是汉人的考证类的笔记。

小说故事类和历史琐闻类的笔记的渊源，则更远一些，先秦古书中实已包含了后来笔记中的这两种内容。

中国小说也起源于神话传说，魏晋南北朝志怪体的笔记小说，即继承古代神话传说的系统又受其本身的时代社会的影响演变而成。虽然由于从前我们缺乏记录它们的专书，而亡佚了不少，但仍有许多这类故事散见于先秦古籍。如《诗经》中的大雅《生民》歌咏周朝的祖先姜嫄因为踩了一个大人的脚印而怀孕生后稷，屈原楚辞《天问》内提出的许多问题，就都是神话传说。《左传》鲁庄公八年记齐襄公在田猎时见到他所杀死的公子彭生的鬼魂所化的大豕“人立而啼”；鲁宣公十七年记晋魏颗没按父亲的遗命把父妾殉葬而使她改嫁，后来和秦国打仗，这个妾的亡父就“显灵”用草绳替魏颗绊倒敌人以“报恩”。这已很像魏晋志怪小说中讲因果报应的故事。又《吕氏春秋》疑似篇记黎丘丈人醉归，有奇鬼变成丈人之子的形状去在途中侮辱他；第二天丈人复饮于市，他的儿子怕父亲又为鬼所戏弄，就去接他；可是丈人竟误认自己的儿子为鬼而拔剑刺之死。这本是一则设譬说理的寓言，讽刺人的不辨真假，而《搜神记》即据此内容，演绎为秦巨伯刺杀两孙一节，变成以宣扬鬼怪变化为中心的故事。通过上述几例，可以看出魏晋志怪体笔记小说的渊源。另外，先秦古籍中的《山海经》和《穆天子传》这两部书，对后来的志怪小说更有较大的影响：《山海经》记山川异物，谈祭祀神祇，为有关巫术的神话集；《穆天子传》写周穆王驾八骏马西征，会见西王母的故事，为神话式的“野史”。这两部书实际可以算作最早的志怪体笔记小说。

至于记叙人物言行的短篇，则在先秦诸子和史传中也有不少精彩的片断：如《庄子》列御寇篇记曹商和庄子的问答一节，极其生动而尖锐地揭露了利禄之徒的无耻，给予了强烈的抨击；如《论语》的“冉有、公西华侍坐”一节，非常具体地写出人物的不同神态和富有个性的语言。这正是魏晋时那种速写式的轶事体笔记小说的先驱。《国语》和《战国策》这两部史书，一重记言，一重叙事；虽然所叙人物言行，前后多有关联，而每节自记一事，各为起讫，实为后来历史琐闻类笔记的滥觞。而轶事体笔记小说中的笑话一类如魏邯郸淳的《笑林》、隋侯白的《启颜录》等等，又是由先秦诸子中讽刺性的寓言演化而来。

除去先秦古籍而外，两汉史书与子书如司马迁的《史记》，赵晔的《吴越春秋》，刘向的《新序》、《说苑》等等，对后来小说故事类和历史琐闻类的笔记也有一定的影响。《史记》多近于小说戏剧的场面，《吴越春秋》有浓厚的传说成分；《新序》、《说苑》杂录子史经传，保存了不少有意义的故事。这一切都为魏晋笔记如《西京杂记》和《世说新语》之类作品提供了借鉴。

综括一下前面所谈内容来看，我们可以说：小说故事类与历史琐闻类的笔记，渊源于先秦而形成于魏晋；因为先秦古籍中，虽有这两类笔记的内容与形式，尚未辑为专书。考据辨证类的笔记，则始于汉代而发展于唐宋；因为在汉代，这种笔记还是经传的附庸，至唐宋才渐渐“由附庸蔚为大国”的。

由于笔记一体，不拘哪种内容，大都出于随笔杂录，故以“丛谈”、“杂俎”、“琐言”、“漫钞”、“随笔”、“笔记”等等作书名的最多，如《桂苑丛谈》、《酉阳杂俎》、《北梦琐言》、《云麓漫钞》、《容斋随笔》、《老学庵笔记》等即是。大约小说故事一类，多称“传”、“志”、“记”、“录”，如《列异传》、《博物志》、《搜神记》、《幽明录》；而摹拟魏晋轶事小说之体制的，往往仍袭《语林》、《世说》之名，如《唐语林》、《续世说》。历史琐闻一类，则或云“载”、“编”、“史”、“乘”，如《朝野佥载》、《却扫编》、《桯史》、《窥天外乘》；其中纂述往日史实的，每曰“故事”、“旧话”，如《中朝故事》、《桐阴旧话》；记叙当代轶事的，辄标“纪闻”、“闻见”，如《涑水纪闻》、《四朝闻见录》。至于考据辨证一类的笔记，直接以“论”、“评”、“考”、“辨”等字样署题的也有不少，如《珩璜新论》、《瓮牖闲评》、《考古编》、《辨误录》。

但这样谈，亦无非略举一斑；笔记命名，本来随心所欲，并不是说哪一类笔记，就一定要用哪一类名称的。所以只看书名，也未必能了解这书写的是什么内容。如宋吴枋的《宜斋野乘》，虽以“野乘”为名，实乃考证类的笔记。此外，还有许多笔记以典故标题：如宋赵令畤的《侯鲭录》，取汉娄护合制五侯鲭之事以言其书为杂俎；庄季裕的《鸡肋编》，取曹操鸡肋之令以自谦其书之乏味。另如宋人（或云魏泰撰，托名梅尧臣）的《碧云騢》、张仲文的《白獭髓》、太平老人的《袖中锦》以及明陈继儒的《珍珠船》等等，亦皆取象征的词语作书名。凡此种种，足见古代笔记名称的多种多样。

中国的笔记很多，从魏晋到明清，每一个朝代都有不少可取的作品。可是，从前的人对这类书却不免鄙薄。不仅读者多视为茶余酒后供解闷的“闲书”，即作者亦往往认为写笔记不过为消闲遣日，无关著述。如清纪昀就曾说：“景薄桑榆，精神日减，无复著书之志；惟时作杂记，聊以消闲。”[①]实际

① 见纪昀《阅微草堂笔记》中《滦阳续录》的小序。

上，古代笔记的内容很丰富，保存了许多可贵的材料，有文学价值、历史价值，能给人多方面的知识；而且由于记叙随意，毫无拘束，所以常常写得活泼生动，亦庄亦谐，颇饶趣味，和一般所谓“经典”著作那样板着面孔说话的不同；作者的学问、见识，也常常从不经意处或小问题上表现出来，为在其他书中所看不到；其中大有可观，谁说不算著作？

第二章　魏晋南北朝笔记

第一节　小说故事类的笔记

魏晋志怪笔记

《博物志》、《搜神记》及其他

魏晋南北朝是一个相当长的历史阶段，从东汉末年魏、蜀、吴三国分立，经西晋、东晋到南北朝对峙局面的结束（公元220—589年），差不多有四百年的时间。在这一历史阶段内产生的笔记，大部分是小说故事一类的作品，有杂谈神仙鬼怪的志怪体和记叙人物言行片断的轶事类，其中尤以志怪体的笔记小说为最多。

为什么这一时期的志怪小说最多呢？鲁迅有很扼要的说

明："中国本信巫，秦汉以来，神仙之说盛行，汉末又大畅巫风，而鬼道愈炽；会小乘佛教亦入中土，渐见流传，凡此皆张皇鬼神，称道灵异；故自晋讫隋，特多鬼神志怪之书。[①]这段话指出了魏晋志怪小说的发展和巫术、方士、佛教有密切的关系。

巫术是一种带有原始宗教色彩的东西，和所谓"神仙之说"有关。秦汉之间有许多讲求仙、炼丹的方士，迎合统治阶级希望长生不死的心理，宣扬仙山、灵药的存在以进行欺骗，如热衷于求神仙、觅灵药的秦始皇和汉武帝即都上过方士的当。虽然有些方士，由于骗局揭穿而被杀，如汉武帝杀死的少翁、栾大；可是神仙之说，却并未因此消沉。另外，讲阴阳五行的风气也一直很盛，不仅一般人的思想受其支配，甚至一些大儒如董仲舒、刘向等也谈阴阳五行。东汉以来，统治阶级更喜欢利用"谶纬"欺骗人民；故到汉末，迷信的空气，越发浓厚。这时神仙方术，就进一步促成了道教；由印度传来的佛教，亦得以乘机传播。魏晋南北朝长期分裂混乱的局面，又助长了宗教的发展与士大夫颓废情绪的滋生，使老庄学说里的虚无思想因而抬头。魏晋名士，有

---

① 见鲁迅《中国小说史略》第五篇《六朝之鬼神志怪书》上。

不少人都相信鬼神，喜欢阴阳术教，服药炼丹。如“竹林七贤”中的嵇康，曾在所著《养生论》内说：“神仙虽未目见，然记籍所载，前史所传，较而论之，其有必矣。”他肯定了神仙的存在。编《搜神记》的干宝，颇好术数；他撰这部志怪书的目的，即在于“发明神道之不诬”。注《尔雅》的郭璞，以精通阴阳五行历算卜筮之术出名，很近于方士。著《抱朴子》的葛洪，夙喜神仙导引之法，他在晚年，辞却散骑常侍不就，而愿去做句漏令，为的是句漏出丹砂，便于炼丹以求长生。志怪小说就在这种浓厚的宗教迷信与出世思想的影响下，大量出现。

《汉书·艺文志》著录的小说十五种，早已失传。除《燕丹子》一篇外，现存的记神仙方术的汉人小说，都是魏晋南北朝文人所依托。志怪小说，实际始于魏晋；但可考的魏时著作极少，大部分出于晋人之手。如《列异传》、《博物志》、《搜神记》、《搜神后记》等，皆为这一时期有名的作品；而《博物志》和《搜神记》可以作为两种类型的志怪书的代表。

《博物志》，晋张华撰。这是继承《山海经》的系统发展而来，记地理博物的琐闻一类。据说原书本为四百卷，晋武帝嫌它芜杂，叫张华删为十卷①。今本仍分十卷，大约是后人所缀辑，已非本来面目。其中有山、水、物产、异人、乐考、异闻、史补等项，分类各标小题，谈到山川、地理、异物、奇境、殊俗、琐事、神话、野史以至礼制、服饰，涉及的方面很广，而以宣扬神仙、方术为主要内容。如卷一“物产”项内说高石沼有神宫，出产琪芝、神草；员丘山有赤泉，饮之不老之类；都写假想的仙境、异物，强调神仙的存在和长生不老的可能，这正和秦汉方士所宣扬的一样。另外如卷五所记，全是有关方士的事，肯定辟谷、导引之术的效验，可见魏晋士大夫也是相信这一套的。

《博物志》里，大部分是这种零星琐碎的杂记，故事很少。偶有一些故事，又是抄的古书，如卷七“异闻”内的“夸父逐日”一条，全抄《山海经》；卷八“史补”记燕太子丹质秦一条，摘自汉人的《燕丹子》。只有所叙韩娥善歌，余响绕梁，三日不绝（见“史补”）和海渚某人乘槎至天河会见牵牛星（见卷十“杂说”下）等传说，被后人用为典故，比较有名。

《博物志》这部书，不过能在志怪小说中聊备一格，并没有

① 见晋王嘉《拾遗记》卷九。

多大价值。现在通行的有《古今逸史》、《汉魏丛书》、《稗海》等本子。清周心如曾辑《博物志补》二卷，附十卷之后，收入《纷欣阁丛书》；钱熙祚也辑有《博物志逸文》一卷，收入《指海》第十集。

《搜神记》，晋干宝撰。以辑录神仙鬼怪的故事为重点，也包含一些没有故事性的琐碎记载，是魏晋志怪小说的一种主要类型。它兼受《山海经》和《穆天子传》两书的影响，和《博物志》之专仿《山海经》的不同。

现在通行的《搜神记》为四库总目著录的二十卷本，并非原书，大约为后人从《北堂书钞》、《艺文类聚》、《初学记》、《法苑珠林》、《太平御览》诸书中辑录佚文而成。

《搜神记》记录两汉流传下来的一些故事和魏晋的民间传说，也采辑史传与早出的志怪书里的材料。如书内的宋定伯卖鬼、干将莫邪、蒋济亡儿、苏娥诉冤等条，可能是根据《列异传》所载的情节而加以润饰的，其中保存了一部分有意义的古神话和富于现实性的民间传说。如卷十三有一条说，河神巨灵，因为华山挡住了河道，就手劈足蹈，把山分成两半；所以山上留下了他的掌形与脚印。这是反映古代人民希望铲除障碍、战胜自然的神话。卷十四也载有不少神话传说，如马皮卷走少女化为蚕，是有关蚕丝生产的神话；嫦娥奔月是有关月亮的神话；夫妇化鹤，是歌颂爱情坚贞的人的传说；高辛氏小犬盘瓠的故事，是有关古代异民族产生的传说。其他一些民间传说，则大都写社会现实，而通过想象的奇异情节，表现生活中的斗争和愿望。如卷十一记干将莫邪被楚王所杀，他的儿子赤长大后，坚决要为父亲雪恨，甚至割下自己的人头，以便别人藉献头的机会去刺杀楚王；一个侠客，为了代赤报仇，也不惜牺牲性命，都生动地显示了人民群众反对残暴的帝王的共同仇恨和顽强的反抗精神。卷十三记汉代东海孝妇周青遭诬陷而被杀，行刑时颈血逆流，飞上了旗杆；而且死后，当地大旱三年。这个故事，是对凶恶、昏庸的统治者滥杀无辜的罪行的具体揭露与强烈抨击。

还有一些故事，写出了男女婚姻的不自由。如卷十六记吴王的小女儿紫玉，因吴王不许她和所爱的童子韩重结婚，悲愁而死；后来还显魂和韩重相见，赠以明珠，并加卫护。卷十五记秦始皇时王道平与唐父喻的故事，晋武帝时河间郡男女的故事，内容近似：女子爱一个男子，可是父母却强迫她改嫁别人，以致忿怨而死；后来又复生和心爱的人结成夫妇。这三个故事，全赞扬了真挚而纯洁的爱情，表现了古代青年追求自由、反对封建婚姻制度的意义。卷十一记韩凭与何氏因遭宋康王迫害，夫妇不能团聚，双双自杀，墓生相思树，精魂化鸳鸯，双棲树上；也是歌颂生死不渝的爱情和坚强不屈的意志的有名传说。

书中还有一些片断，写的是智勇或善良的人。如卷十九记一个贫家的少女李寄，奋不顾身，为民除害，机智勇敢地杀死了一条吃人的大蛇，表现了对李寄这个少年英雄的赞扬。卷十一记一个叫杨伯雍的，因为高山上缺水，就不辞辛苦地经常汲水给过路的解渴，后来有人送他一斗石子，在石田中种出了美玉；显示出人们希望好人得到幸福的意思，和宣扬宗教因果报应的故事不同。这些也是《搜神记》里一部分有积极意义的内容。另外像卷一所记仙女下嫁董永的情节，为地方戏《天仙配》的故事来源；李寄的故事，亦曾为旧时编京剧的人所采用，编为《童女斩蛇》一剧。

这一部分民间传说，是书中的精华，流传久远，一直为大家所喜爱。《搜神记》之类志怪书的文学价值，主要就在于它们保存了这些优秀的神话、传说。

《搜神记》还有另一部分内容：记神鬼妖怪，说明其真有；谈巫术、卜筮，夸张其先知、灵验等等。目的在于宣扬封建迷信，这是书中的糟粕。其中少数记历史人物的故事，如卷八的虞舜获玉历、商汤祈雨、周文王得吕望、武王伐纣等等，亦均涉神怪。这些材料，只能供研究古代宗教迷信者作参考之用，与小说关系不大。

《搜神记》现有《秘册汇函》、《津逮秘书》、《学津讨原》及《百子全书》等本，其中以《秘册汇函》本为最早。商务印书馆《丛书集成》本，即依《秘册汇函》排印，并据《学津讨原》本校正了一些讹文。

清人王谟所刻《汉魏丛书》中，还有一个八卷本的《搜神记》，乃是赵宋以后的人根据北魏僧人昙永所著《搜神论》残卷增补成书的，与二十卷本的内容不同[①]。

其他魏晋志怪书，较《搜神记》早出的，有一部《列异传》；较《搜神记》后起的，有一部《搜神后记》。

《列异传》三卷，《隋书·经籍志》题为魏文帝撰，《唐书·经籍志》、《新唐书·艺文志》并题作晋张华撰，都缺乏证据。但为魏晋人的作品，则无可疑。原书已亡，据现存的几十条佚文来看，它和《搜神记》是同一类型的作品；有些故事，亦见于《搜神记》（如“干将莫邪”、“蒋济亡儿”等），而详略不同。“宋定伯卖鬼”和“望夫石”等条，是其中较有意义的传说。

《搜神后记》十卷，旧题晋陶潜撰，真伪亦难确定。其内

① 见王瑶《中国文学史论集》的《小说与方术》五，古典文学出版社出版。

容和《搜神记》有重复之处。唐宋人类书中注引《搜神记》的，往往是《搜神后记》内的文字；注引《搜神后记》的，也常有《搜神记》里的故事。可能《搜神后记》亦出于后人辑录，故其情节不免与《搜神记》参错互见。书中的白水素女一条记螺女为贫苦的谢端司炊，与《搜神记》内织女下嫁董永的主题相近；袁相、根硕一条记二人入山遇仙的情节，又是“桃花源”式的故事。芜杂、琐碎的记叙减少，成片断的故事增多；略于妖异变怪之谈，而侈言神仙，是这部书的特点。

《列异传》的佚文，鲁迅辑入《古小说钩沉》中。《搜神后记》今有《秘册汇函》、《津逮秘书》、《学津讨原》、《汉魏丛书》诸本。商务印书馆《丛书集成》本，系据《秘册汇函》影印。

除去上述诸书而外，魏晋志怪小说，还有晋祖冲之的《述异记》、祖台之的《志怪》、荀氏的《灵鬼志》、戴祚的《甄异传》等，均已失传。另外，现行之《述异记》二卷，题梁任昉撰，实系唐宋间人伪作。

以内容论，魏晋志怪小说，兼记妖怪、琐事、阴阳五行、神仙、巫术，较为芜杂，还不是要着重宣扬某种宗教；其于佛家、道家，也不过各视为方术之一种。从写作方面谈，由于魏晋人喜欢辑录异闻，还不是有意识地要作小说，所以不仅对那些零星琐碎没有故事性的东西，只用三言两语来记述；即一般故事也不过粗陈梗概，仍属“残丛小语”的形式。但像《搜神记》中的优秀传说，如干将莫邪、韩凭夫妇、李寄、紫玉、千日酒等都写得较好，已注意到细节刻画了。

南北朝志怪笔记

《异苑》、《续齐谐记》、《拾遗记》及其他

南北朝志怪小说，较著名的如《异苑》、《幽明录》、《续齐谐记》等等，还是《搜神记》式的作品。另有一部《拾遗记》亦出自南北朝人之手，而内容和上述诸书有异。由于当时佛教大盛，信徒很多，所以就有人写小说来讲天堂地狱、因果报应等等这一套，宣扬佛的灵异和信佛的好处。如南齐王惔的《冥祥记》，就是以教徒的身份，写来宣教的志怪书；南朝宋刘义庆的《宣验记》和北齐颜之推的《冤魂志》，也是这一类的志怪小说。

《异苑》十卷，南朝宋刘敬叔撰。虽非原书，而大致完整，和《博物志》、《搜神记》之出于后人补辑的不同。一般说来，其中神鬼怪异的故事，与魏晋志怪的内容相近，并无新

异。个别的条目，还偶有可取。如卷三记一只鹦鹉，飞集山里，当地禽兽都对它很好。后来山内大火，鹦鹉入水沾湿羽毛在空中洒水救火，因此感动天神，为它将火熄灭。这个故事，充满人情味，赞扬了竭尽微力以报德的至诚；其以物拟人的写法，已近似现代的童话。值得注意的是，这部书里所记晋宋名人如陶侃、张华、温峤、郭澄之、谢灵运等的异闻和一些古传说，唐人即多从这里采取材料。如卷四记张华见到别人给他看的海凫毛，慨叹说天下将乱等情节，就是《晋书·张华传》所叙的依据。温峤"牛渚燃犀"的故事，亦出于此书。还有卷十记介子推（即介之推）逃避封赏，抱树被焚而死，晋文公拊木哀叹，伐以制屐；每忆介子推割股之功，就俯视其屐曰："悲乎足下！"这又是关于"足下"这一称呼起源的传说，也很有名。

《异苑》通行的有《唐宋丛书》、《五朝小说》、《秘册汇函》、《津逮秘书》、《学津讨原》等本子。

《幽明录》三十卷，南朝宋刘义庆撰，见《隋书·经籍志》史部杂传类。在唐代曾经盛行，《晋书》多从其中取材，今已失传。散见于各书的佚文还有不少，鲁迅已辑入了《古小说钩沉》内。

《幽明录》里除去与《列异传》、《搜神记》等书中相似的神怪故事外，增加了宣传佛教的内容。如赵泰入冥一条，就是反映佛教地狱和轮回的说法的。巴丘县巫师舒礼一条，写巫师舒礼死后，因为“佞神杀生”在泰山遭受酷刑，而信佛的人却在“冥司福舍”内享福。这又不仅宣扬佛法，还对道教的方术进行了攻击，为以前的志怪小说中所未有。刘义庆也信佛教，故喜记录此类故事。

但《幽明录》里虽有这类宣教的内容，这部书却还不是单纯以宣教为目的而编撰，其中也保存了一些很好的故事。如记刘晨、阮肇入天台山逢仙女一节，表现人民对太平世界和幸福婚姻的渴望，即是后来流传很广的美丽传说，与同书内的黄原和《搜神后记》里的袁相、根硕的故事内容相近。还有卖胡粉女子一条，记一个男儿，热恋一个卖胡粉的女子，日往买粉；后来女子和他聚会，他竟欢踊而死，经女子抚尸痛哭，他就复生，和女子结为夫妇。这个显示真挚爱情的故事，与《古今乐录》所载南朝乐府《华山畿》的情节类似，可能同出一源；足见《幽明录》也含有民间传说的成分。

魏晋南北朝的志怪作者，常从先出的这类著作中抄录故事，沿袭成风。《幽明录》中也有不少故事，集录自前人的志怪书，非出于自撰。

《续齐谐记》一卷，梁吴均撰。大约为续南朝宋东阳无疑的《齐谐记》（已佚）而作，故称续记；“齐谐”之名，乃取自《庄子·逍遥游》中的“齐谐者，志怪者也”一语。

《续齐谐记》内的故事，一方面显示出它和魏晋志怪小说的渊源，一方面也表现了它受到的南北朝佛经流行的影响。如清溪庙神一条，写会稽赵文韶与女神恋爱，正是魏晋志怪书中常见的人神结合一类内容的演化；阳羡书生一条，写一书生进入鹅笼，口吐女子，辗转变化，则是采用印度《旧杂譬喻经》里的情节而改头换面的。另外记重阳登高的故事云：

> 汝南桓景随费长房游学累年，长房谓曰：“九月九日汝家中当有灾，宜急去；令家人各作绛囊，盛茱萸以系臂；登高，饮菊花酒；此祸可除。”景如言，齐家登山；夕还，见鸡犬牛羊一时暴死。长房闻之曰：“此可代也。”今世人九日登高饮酒，妇人佩萸囊，盖始于此。

这条说明了重九登高起于避祸，仍和古人之迷信方术有关。又记晋尚书郎束皙答武帝问三月三日曲水流觞之义，楚人于五月五日用竹筒贮米投水以祭屈原，亦均为涉及古代民俗的材料。其登高和曲水二条，《荆楚岁时记》的注文，即曾引述。还有“紫荆树”一节，记京兆田真兄弟三人分家，要把堂前一株紫荆树锯成三片的故事，亦为后来宣扬维护封建大家庭的小说、戏剧所取材。

《续齐谐记》通行的有《说郛》、《五朝小说》、《顾氏文房小说》、《古今逸史》、《汉魏丛书》等本子。

《拾遗记》十卷，旧题晋王嘉撰。因为曾经梁萧绮整理并附论，所以明胡应麟认为这部书就是萧绮编撰而托名于王嘉的[①]。全书文字绮丽，倒很像六朝人的风格。

《拾遗记》以记古代异闻为重点，大部篇幅写的是古帝王的传说；由上古到魏晋的人物，涉及很广。其中也谈“仙山”，也写服药求仙的内容；但不讲因果报应，是和一般的志怪书不同的。书内的故事，大都借一点历史因由来铺张演绎，颇似有意在作小说的样子。

如卷八记三国吴吕蒙梦中读易一条云：

> 吕蒙入吴，吴主劝其学业。蒙乃博览群籍，以《易》为宗。常在孙策座上，酣醉忽卧，于梦中诵《周易》一部，俄而惊起。众人皆问之。蒙曰：“向梦见伏羲、周公、文王，与我论世祚兴亡之事，日月贞明之道，莫不穷

① 见胡应麟《少室山房类稿》卷三十二丁部《四部正讹》下。

精极妙；未该玄旨，故空诵其文耳。”众座皆云：“吕蒙呓语通《周易》。”

按《三国志·吴志·吕蒙传》注引《江表传》谓孙权曾劝吕蒙读书，权并自云少时曾历读《诗》、《书》、《礼记》、《左传》、《国语》，唯不读《易》。可见《拾遗记》写吕蒙这条故事，尚非全出臆造；而少藉因由，大加渲染，遂成神怪之言。书中所记虽多为历史人物的故事，而大都如此荒诞无稽。此外，如卷一记古帝少昊之母皇娥和神仙恋爱，卷四记秦赵高被子婴杀死、尸解登仙，乃被清人认为“上诬古圣”、“下奖贼臣”的故事[①]。大约这部书的编者，是放诞而好方术的人，把男女关系看得很平常，对神仙方术很崇拜，所以写古帝王之母和神仙一样有儿女之情，奸臣赵高也成了炼丹尸解的方士。宣扬迷信与诙谐玩世之意，似兼有之。

但这部书内容虽无足取，而所叙之事，类皆情节委曲，辞采可观，所以文人多引为故实。如卷六记汉刘向校书于天禄阁，夜有老人燃藜授学；贾逵年五岁隔篱闻邻人读书，后遂能暗诵六经。这两则传说，即很有名。其他像记东汉灵帝、魏文

① 语见《四库全书总目提要》子部小说家类三。

帝、晋石崇等人的故事，亦尚能反映古代帝王、贵族的荒淫腐朽。

《拾遗记》通行的有《历代小史》、《古今逸史》、《汉魏丛书》、《百子全书》等本子。

除去上述诸书而外，还有题为汉东方朔撰的《神异经》、《十洲记》，题为班固撰的《汉武故事》、《汉武帝内传》，题为郭宪撰的《洞冥记》等，尽出于魏晋南北朝人的依托。《神异经》、《十洲记》皆仿《山海经》，而前者多记异物，鲜言山川；后者叙十洲之地理物产，亦多及怪异。如《神异经》记有“人面能言”善于说谎欺人的“讹兽”，有喜欢恶人、残害好人的“穷奇”，间寓讥讽于神怪。《十洲记》记凤麟洲有用凤喙、麟角煎成的续弦胶，用续弓弦，虽经力士拉扯，亦不复断。月支国有大如雀卵、黑如桑葚的“却死香”，能使死者闻香复活；有形如小狗、威震百禽的“猛兽”，能慑伏虎豹等故事，亦为大家所熟知。两书内容，都很新奇，故齐梁文人已引为典实。《汉武故事》和《汉武帝内传》同写汉武帝出生至死葬的许多杂事，中叙会见西王母的情节，以一个人的故事连贯成章，实为志怪小说中摹仿《穆天子传》体裁之独立短篇。虽然两部书全谈神仙，而前书多言方术之虚妄；后者于王母下降的经过描绘特详，大约较前书为晚出。《洞冥记》亦举汉武帝与东方朔，杂谈神仙怪异，和《神异经》、《十洲记》内容相近。至于《宣验记》、《冥祥记》之类，则专以宣传佛教为目的，故事千篇一律，没有什么价值，实际不能算作小说。唯《冤魂志》记鬼魂复仇的情节，尚有一些社会意义。

《神异经》有《五朝小说》、《汉魏丛书》、《龙威秘书》、《百子全书》诸本，《十洲记》有《五朝小说》、《顾氏文房小说》、《粤雅堂丛书》、《古今逸史》诸本，《洞冥记》有《五朝小说》、《古今逸史》、《百子全书》诸本，《汉武帝内传》有《说郛》、《五朝小说》、《龙威秘书》、《墨海金壶》、《粤雅堂丛书》诸本，均较常见。《冤魂志》（亦作《还冤记》）有《重校说郛》、《唐宋丛书》、《五朝小说》、《续百川学海》、《汉魏丛书》、《宝颜堂秘笈》诸本，书已不全。《汉武故事》现存者亦非全文，通行的有《古今说海》、《说郛》、《古今逸史》、《历代小史》、《十万卷楼丛书》诸本，皆为一卷；清洪颐煊所辑分二卷，收入《问经堂丛书》；以鲁迅《古小说钩沉》所辑为完备。《宣验记》、《冥祥记》均失传，佚文亦见《古小说钩沉》。

一般说来，南北朝志怪书的内容，不像魏晋志怪那样芜杂，零星琐碎的记叙减少了，故事性增强了。特别是《续齐谐记》和《拾遗记》的文笔与意想，能够显示这一时期志怪小说在写作方面的进步，有些故事描摹得相当细腻、生动，已很像后出的唐人传奇了。

魏晋南北朝轶事笔记

《世说新语》及其他

汉末的人物品评，到魏晋进一步发展，和当时士大夫的清谈与放荡的风气，汇成巨大的影响。所以，在晋代即已出现辑录文士言行片断的轶事笔记。如晋袁彦伯（宏）的《名士传》、裴启的《语林》、郭颁的《魏晋世语》、郭澄之的《郭子》等，就都是这类作品。但这些笔记今已失传，只有散见于各书的佚文。现存的《世说新语》，在上述诸书的基础上编成，为这类书的代表作。看了《世说新语》，就能了解魏晋南北朝轶事笔记的内容和形式。

《世说新语》是南朝宋临川王刘义庆和他手下的文士所撰，唐以前只称《世说》，“新语”两字不知何时所加，唐人还叫它作《世说新书》。现在通行的三卷本，各卷各分上下，始于宋人董弅的刻本。梁刘孝标（峻）给《世说新语》作注，引用古籍四百余种，这四百余种书今多失传；刘孝标的注，在补充、辨正《世说新语》的内容和保存古书的佚文这两方面，都很有功绩。

《世说新语》按内容分类系事，有德行、言语、政事、文学等三十六篇，记汉末到东晋的轶闻，以魏晋名流的言行为多。其中曾提及《名士传》和《语林》这两部书，“文学”篇云：

> 袁彦伯作《名士传》成，见谢公（谢安）。公笑曰：我尝与诸人道江北事，彦伯遂以著书。

可见这是袁宏辑录自己见闻的作品。只惜其书失传，不知内容如何，刘孝标曾引此书为《世说新语》作注，使我们还能看到它的一鳞半爪。上引之文，孝标有注说：

> 宏以夏侯太初、王嗣辅为正始名士，阮嗣宗、嵇叔夜、山巨源、向子期、刘伯伦、阮仲容、王濬仲为竹林名士，裴叔则、乐彦辅、王夷甫、庾子嵩、王安期、阮千里、卫叔宝、谢幼舆为中朝名士。

这条注告诉我们，《名士传》只记魏晋名士的故事，品目亦另有标准，和《世说新语》不同。裴启的《语林》，辑录汉魏以迄晋代文人的言行，包罗较广。《世说新语》的“轻诋”篇叙及谢安指责裴启记他的故事不实，于是“《语林》遂废”。

《世说新语》所记虽都是零星琐碎的人物言行，但涉及的范围很广，使我们可以由此多方面地了解魏晋士大夫的思想和生活的情况，从而认识当时社会的部分面貌。

魏晋士大夫特别重视人物品评，是因为一经名流或有权势的人给以好评，就能提高身价，有利于向上爬、做官或升迁。《世说新语》的“识鉴”、“赏誉”、“品藻”、“容止”等，以不少篇幅从不同角度，记叙了这类内容。如“品藻”篇记晋温峤由于没被大家列为第一流人物，而难过得“失色”，即是一个突出的例子。

从另一方面谈，由于魏晋之际品评人物重视仪容、辞采的风气，较汉末更甚，所以位高名重的大僚，也往往凭片言只语和某一举动的细节来论定一个人的优劣，或即据此而援引这人做官。如“雅量”篇记王珣做桓温的主簿，桓温想提拔他，有一次故意突然骑马冲之，“左右皆宕仆，而王不动，名价于是大重，咸云是公辅器也”。这种测验人的方法是奇特的，从此得出是“公辅器”的结论，尤其荒唐。又“文学”篇记王衍问阮修：“老庄与圣教同异？”阮回答说：“将无同。”王衍很赏识“将无同”三个字，即请阮修为掾。这就是有名的“三语掾”的故事。这两个例子都足以说明当时重容止、言谈的风气之盛。

关于魏晋的清谈，《世说新语》给我们提供了一些具体的材料。“文学”篇记何晏、王弼都曾为《老子》作注；何晏因见王注精奇，就把自己的注改为《道德二论》，以发挥《老子》的意旨；王衍弱冠时去见裴徽，就讨论老庄的虚无思想；向秀注《庄子》，能够“妙析奇致，大畅玄风”；而殷浩则读释氏的“小品”，钻研禅理。还记傅嘏善言虚胜，荀粲谈尚玄远。所谓“虚胜”、“玄远”，也是指的“才性”、“天道”等等荒渺无稽的唯心论。另有一条记乐广事云：

> 客问乐令旨不至者，乐亦不复剖析文句，直以麈尾柄确几曰：“至不？”客曰：“至。”乐因又举麈尾曰：“若至者哪得去？”于是客乃悟服。乐辞约而旨远，皆此类。

谈理难通，而结合动作来暗示，彼此就默契于心，相喻于无言，正是佛教的所谓“禅机”。这条所写的玄谈，具有很浓厚的神秘感和宗教色彩。但这些谈禅的名士，并不见得都真懂禅理。“文学”篇记支道林、许询两人在会稽王家讲佛法，听的人“但共嗟咏二家之美，不辨其理之所在”，即能说明此点。魏晋士大夫的“言及玄远”，本来是与避谈时事、以求全身远祸的意图有关的。因此讲老庄学说，也不过摭拾老庄的片言只语，以为谈资；或取其消极出世的思想，以逃避现实而已。《世说新语》的记叙，正反映了这种种情况。

在虚无、厌世的思想基础上，魏晋士大夫大都消极、颓废，或乖僻、放荡，时时流露生死无常、叹老嗟衰的感慨，饮酒浇愁和服药养生，也成为一种风气。《世说新语》有许多方面写下了这类内容。如“任诞”篇记张翰说：“使我有身后名，不如及时一杯酒”；“言语”篇记桓温因见旧时种的柳树长大，哀叹“木犹如此，人何以堪”而流泪，即足以反映当时士大夫的没落的、灰色的人生观。此外，《世说新语》还记叙了一些人的优良品质。如荀巨伯的重义轻生、救护朋友（“德行”篇），周处的为民除害、勇于悔过（“自新”篇）等等，全是有意义的小故事。对魏晋统治阶级的凶残、丑恶、奢侈、淫逸，《世说新语》也有具体的描述。如“尤悔”、“贤媛”两篇中所记有关曹丕的事，“汰侈”篇所记石崇的事，就是这类内容。凡此种种，都可供研究魏晋历史时作参考。

《世说新语》的文字，能显示出魏晋清谈的“言约旨远”

的特点，试看下例：

> 刘伶病酒，渴甚，从妇求酒。妇捐酒毁器，涕泣谏曰："君饮太过，非摄生之道，必宜断之。"伶曰："甚善！我不能自禁，唯当祝鬼神，自誓断之耳。便可具酒肉。"妇曰："敬闻命。"供酒肉于神前，请伶祝誓。伶跪而祝曰："天生刘伶，以酒为名。一饮一斛，五斗解酲。妇人之言，慎不可听。"便饮酒进肉，隗然已醉矣。
>
> （《世说新语·任诞》）

这一个故事，不过百余字，却有叙述，有对话，有人物的神态；以速写的手法，扼要地描摹出刘伶这个狂生的嗜酒如命、滑稽与幽默。它的情节是很典型的，所以给人的印象相当深刻。

《世说新语》的材料和文字，虽有可取，但这部书是刘义庆以封建贵族的立场、观点编成的，其中处处显示着他的阶级烙印，如宣扬忠君孝父的封建伦理道德，夸耀士大夫门阀的高贵和生活的奢侈、豪华，欣赏"名士风流"的颓废、放荡，甚至赞美坐视残杀无辜妇女而无动于衷的人的沉稳的"气度"（如"汰侈"篇记王敦看着石崇杀行酒美人一条）等等，都是我们在阅读时应该仔细分析、严肃批判的[①]。

《世说新语》以明嘉靖间吴郡袁褧的刻本为较好，清道光间浦江周氏的纷欣阁本即据袁本翻刻。光绪间长沙王先谦所刻思贤讲舍本，附有王氏所作的《校勘小识》和叶德辉所编《世说新语注引用书目》与从唐宋人类书中辑录出来的《世说新语佚文》，可供参考。《语林》与《郭子》的佚文，鲁迅辑入了《古小说钩沉》。《魏晋世语》有《重校说郛》与《五朝小说》本，各一卷，并非原书。

继《世说新语》之后产生的轶事笔记，有梁沈约的《俗说》三卷，殷芸的《小说》三十卷。前书早佚，后者亦仅有部分见于明人所编的《续谈助》和《说郛》中。《古小说钩沉》内，也辑有此二书的佚文。轶事笔记，还有笑话集一类，内容和《世说新语》中的“排调”篇所载相近。最早的这类专书是魏邯郸淳的《笑林》，后出而较著名的是隋侯白的《启颜录》。但这两部书均已失传。《笑林》佚文，只存《古小说钩沉》所辑的二十余条；《启颜录》的故事散见《太平广记》，亦未必尽出于侯白之手。

① 关于魏晋南北朝志怪小说与轶事小说这一部分内容可参阅刘叶秋著《古典小说论丛》中的《魏晋南北朝志怪小说简论》、《试论世说新语》二文和《魏晋南北朝小说》一书。前书中华书局出版，后书上海古籍出版社出版。

第二节　历史琐闻类和考据辨证类的笔记
《西京杂记》、《荆楚岁时记》、《古今注》

魏晋以来，由于地方分裂和其他方面的影响，野史杂传，为数甚多：或记一方史事，如晋陆翙的《邺中记》；或记州郡名贤，如晋习凿齿的《襄阳耆旧传》；或记神仙、释道、隐士、异人，如晋葛洪的《神仙传》、皇甫谧的《高士传》。一般说来，这前两种有关历史，后一类实属小说；而像晋周处的《风土记》、南朝宋盛弘之的《荆州记》之类，又为专谈地理、风土的书，都不是记琐闻、录杂事的笔记。至于考据、辨证一类的著作，则在当时不过是刚刚脱离经传训诂而独立，仍处于萌芽状态，故更寥寥无几。因此这里论述魏晋南北朝的历史琐闻类和考据辨证类的笔记，只能举出下列三种，以略见一斑：即"杂载人间琐事"的《西京杂记》，记录民俗传说的《荆楚岁时记》，与考证名物、制度的《古今注》。

《西京杂记》本为二卷，现在通行的六卷本是宋人所分。书末有晋葛洪的跋语，称此书为汉刘歆撰；大约即出于葛洪的依托。《旧唐书·经籍志》和《新唐书·艺文志》著录此书，就都题作葛洪撰。梁殷芸撰《小说》，征引《西京杂记》甚多，足见其书在齐梁之间已经流行，它之为晋人著作，是很可能的。

这部书所述都是汉代的传说、琐闻和有关西京的宫室园囿的故事，故以“西京”为名。其中内容，有的可供考证汉代的典制。如卷一的饮酎一条云：

> 汉制：宗庙八月饮酎，用九酝太牢，皇帝侍祠。以正月旦作酒，八月成，名曰酎。一名九酝，一名醇酎。

这和卷五所记皇帝出行的舆驾制度，都可以用来与《汉书·礼乐志》、《后汉书·礼仪志》的材料参照研究。又如卷四记卫青生子时，以有人献騧马，遂名其子曰騧，字叔马，后改名登，字叔升；卷三记公孙弘著《公孙子》，言刑名事，亦可考证《汉书》。因为《汉书·卫青传》曾提到封发干侯的卫登，而《艺文志》是著录有《公孙弘》十篇的[①]。此外，像卷一叙汉代彩女常在七月七日穿七孔针于开襟楼，卷三叙九月九日佩茱萸、饮菊花酒等等，则为当时风习的记载，能使我们了

---

① 参阅清李慈铭《越缦堂读书记》下册谈《西京杂记》的部分，商务印书馆出版。

解后来七夕乞巧和重阳带萸囊的民俗的由来。书内还有一些关于巧手工匠的传说，如卷一记长安巧工丁缓，把七个一丈长的大轮连在一起，做成一个扇凉风的七轮扇。“一人运之，满堂寒颤。”卷二记匠人吴宽在长安仿照汉高祖故乡的衢巷栋宇建筑新丰，规模悉似，甚至能使由丰沛迁来的老住户的犬羊鸡鸭，“亦竞识其家”。这两项记载反映出汉代手工艺的发达与建筑技术的高明，表现了劳动人民的智慧。“鸡犬识新丰”后来已成为大家熟知的典故了。

《西京杂记》所记汉人轶闻，有不少著名的传说。如司马相如与卓文君的故事，王昭君与毛延寿的故事，以及匡衡勤学、穿壁引光的故事，扬雄著《太玄》梦吐凤凰等等，多被后人用为典实。本书卷六有“秋胡”一条云：

> 昔鲁人秋胡娶妻三月而游宦，三年休还家。其妇采桑于郊，胡至郊而不识其妻也，见而悦之，乃遗黄金一镒。妻曰：“妾有夫游宦不返，幽闺独处，三年于兹，未有被辱如今日也。”采不顾。胡惭而退，至家，问家人：“妻何在？”曰：“行采桑于郊，未返。”即还，乃向所挑之妇也。夫妻并惭，妻赴沂水而死。

这正是后来的“秋胡戏妻”故事所本。我们应该了解《西京杂记》虽出于晋人依托，而其内容则可能多为两汉古老的传说，并非尽由晋人虚构。至于书中记叙广陵王斗熊而亡、司马迁下狱而死之类，与《史记》、《汉书》所载不合，也显示了是得之于另一传说，故存歧异。

总之，《西京杂记》是一部内容有可取的琐记，而且“意绪秀异，文笔可观”[①]，值得重视。

《西京杂记》常见的有《古今逸史》、《稗海》、《津逮秘书》、《龙威秘书》、《汉魏丛书》、《学津讨原》和商务印书馆《四部丛刊》缩印江安傅氏的明刊本等，都是六卷。又有清卢文弨所校的《抱经堂丛书》本，则为二卷。

《荆楚岁时记》一卷，南朝梁宗懔撰（旧本题晋宗懔，是错误的）。《旧唐书·经籍志》和《新唐书·艺文志》俱称此书有宗懔和隋杜公瞻两本；《通志·艺文略》以为宗懔撰，杜公瞻注；《文献通考·经籍考》著录本作四卷。按今本此书记录荆楚岁时风物、故事，自元旦至除夕共二十余条，大部分是前有简单叙述，下面各加“按”字，列较详细的引证、说明。似乎宗撰杜注之说，较为可信；而今本残阙

① 见鲁迅《中国小说史略》第四篇《今所见汉人小说》。

已多，故唐人类书所引，往往为今本所无，卷数也与《文献通考》著录的不合。其中“九月九日”一项，还特别标出“按杜公瞻云”，又似后人引用杜说。可见今本残文，亦非本来面目；加“按”字的注语，未必尽出于杜公瞻之手，可能是明人辑录成书。

宗懔是楚人，故所记以“荆楚”为名，实则风习故事，各地略同，并不全是荆楚所独有。因此，我们可以利用这一卷书来研究南北朝的部分民俗。兹引其“八月十四日”的一项记载如下：

> 八月十四日，民并以朱水点儿头额，名为天炙，以厌疾。又以锦彩为眼明囊，递相饷遗。按《述征记》云：八月一日作五明囊，盛取百草头露洗眼，令眼明也。《续齐谐记》云：弘农邓绍尝以八月旦入华山采药，见一童子执五彩囊，承柏叶上露皆如珠满囊。绍问：“用此何为？”答曰：“赤松先生取以明目。”言终便失所在。今世人八月旦作眼明囊，此遗像也；或以金箔为之，递相饷焉。

这里先举八月十四日点额、制囊的习俗，后加“按”字，征引《述征记》和《续齐谐记》，列出有关的故事。全书各条，都是这样先谈风土，后述传说。

看了这一条，我们不仅了解了南北朝时八月的故事，而且藉以推知唐以前民间并没有中秋节祀月的风俗。此外，如记五月五日有斗百草与竞渡之戏，还采杂药，以除毒气；而食粽乃在夏至节，亦与端午作粽祭屈原的传说不同，可资参考。由此足见今本《荆楚岁时记》，虽非完书，但所存的材料，还是很宝贵的。

《荆楚岁时记》通行的有《说郛》、《五朝小说》、《宝颜堂秘笈》、《汉魏丛书》等本子。

《古今注》，晋崔豹撰①。今所传宋刻本为三卷，和《隋书·经籍志》子部杂家类著录的卷数相同。但据这个宋本的李焘跋语说《古今注》另有一个四卷本，“与豹今所著绝不类”；而《旧唐书·经籍志》著录的崔豹《古今注》则为五卷。这四卷、五卷的本子，和现存的三卷本，内容可能有所不同。古类书引崔豹这部著作，有的题为《古今杂注》或《古今

①《隋书·经籍志》杂史类著录的还有汉伏无忌撰《古今注》八卷，已经失传。清茆泮林从《史记·索隐》、《后汉书注》、《北堂书钞》、《艺文类聚》、《初学记》、《太平御览》、《玉海》以及《通典》等书中辑出一部分佚文，题为《伏侯古今注》。见茆泮林辑《十种古逸书》，现有商务印书馆《丛书集成》本。

杂记》，名称亦存小异[1]。

今本《古今注》共分舆服、都邑、音乐、鸟兽、鱼虫、草木、杂注、问答释义八类，分类汇录材料，可供研究古代文物、制度的参考。如“舆服”类谈“鸾铃”的一条云：

> 五辂衡上金爵者，朱雀也；口衔铃。铃谓銮，所谓和銮也。《礼记》云：“行前朱鸟”，鸾也。前有鸾鸟，故谓之鸾；鸾衔铃，故谓之銮铃。今或为銮，或为鸾，事一而义异也。

这条对銮铃的解说，颇为具体，可与《礼记·曲礼》的“行前朱鸟而后玄武”的注疏参照研究。又“都邑”类的“杨沟”一条云：

> 长安御沟，谓之杨沟，谓植高杨于其上也。又曰羊沟，谓羊喜抵触墙垣，故为沟以隔之，故曰羊沟。

---

①清孙星衍、孔广陶校刊的《影宋北堂书钞》第一百零六卷《歌篇》二“尚衣能歌”一条引崔书，作《古今杂注》。明陈禹谟刊本《北堂书钞》引作《古今杂记》。

这里的杨沟、羊沟两说，亦常为后人所引述。近代词书《辞源》和《辞海》的“杨沟”一词，即都用《古今注》此条作为解释。此外，古今引用这部书的还有很多；唐宋的类书中，全采集了《古今注》的材料。

《古今注》以宋嘉定本为最佳，有《四部丛刊》影印本，1956年商务印书馆又据《四部丛刊》本排印，和《中华古今注》、《苏氏演义》合为一编，较易得到[①]。

魏晋南北朝的笔记，以志怪故事为大宗。这种志怪故事的内容和形式，首先为唐传奇的作者提供了借鉴，促进了传奇小说的发展；其次为后代的志怪笔记开辟了道路：由唐宋到清代的志怪笔记，如唐段成式的《酉阳杂俎》、宋徐铉的《稽神录》、洪迈的《夷坚志》以及清纪昀的《阅微草堂笔记》等，或杂记异闻琐语，或专志神仙灵怪，或托狐鬼以写世情，或藉传说以发议论，尽管内容有异、文笔不同，而都是《博物志》和《搜神记》的继承与演变。此外，不仅明瞿佑的《剪灯新话》、清蒲松龄的《聊斋志异》，虽仿传奇，实兼志怪；即

---

① 清代修《四库全书》的馆臣认为今本《古今注》是后人摭取后唐马缟的《中华古今注》内的魏以前事，伪托为崔豹作；实际不然。可参阅商务印书馆排印的《古今注·中华古今注·苏氏演义》一书附录《古今注》的《四部丛刊影宋本张元济跋》

明代的神魔小说，如吴承恩的《西游记》、许仲琳的《封神演义》之类，也在不同程度上，显示出魏晋南北朝志怪的影响。至于《世说新语》式的轶事笔记，也已成为后来笔记小说的一个重要流派。由唐王方庆的《续世说新书》，到近人易宗夔的《新世说》，皆仿《世说新语》。像《西京杂记》那样汇录琐事、博采传说，介乎野史与小说之间的作品，更能表现笔记的以杂见称的特点；自唐迄清的笔记，此种很多，正是《西京杂记》这类书的一脉相传。

总起来说，魏晋南北朝笔记，包括了这一历史时期内多方面的内容，足供参考。如北魏郦道元撰《水经注》，即采录了《博物志》和《搜神记》里有关人物、地理的传说；[①]唐人修《晋书》，多从《世说新语》中选取人物事迹；我们现在阅读《晋书》，可用《世说新语》来比较异同。

像《搜神记》和《世说新语》等书内有关语言文字的材料，也值得重视。如宋郭忠恕编字书《佩觽》，曾据《搜神记》考证词语，谓“琵琶”一作“鼙婆”[②]。后人研究晋宋之间的口语，亦以《世说新语》为一部分重要依据。如清郝懿行

① 如《水经注》卷三十九的“庐江水”内，即曾引用《博物志》和《搜神记》。

② 见《佩觽》卷上。

撰《晋宋书故》，即多从此取材。其他像《古今注》与《荆楚岁时记》，我们一直把它作为解释古代名物、制度和探讨民俗的参考书，各有一定的价值。至于《宣验记》、《冥祥记》之类，内容虽无可取，也能帮助我们了解当时宗教传播的情况。我们如果善于抉择，是可以通过这些书从不同角度来获得自己要找的东西的。

第三章　唐代的笔记

第一节　小说故事类的笔记

传奇集与杂俎

《玄怪录》、《甘泽谣》和《酉阳杂俎》及其他

唐代笔记，继承魏晋南北朝的传统，而扩大其范围，演志怪为传奇，变轶事为杂录；不仅传奇小说，出于文人的“作意好奇”，有心著述，蔚为一代特绝之作；即历史琐闻类的笔记，也复多种多样，内容丰富，文采可观；加上当时已开述时事谈掌故的风气，故考据辨证类的笔记，较前亦稍多。在这三种笔记中，都有足资采择以补史乘之缺的可贵资料。但传奇本属小说，不以真人真事为限；而在一般的历史琐闻类笔记

内，也有传奇故事；即记时流言行，亦多采传说，不免渲染附会，往往介于小说与笔记之间，和传奇难分界限。因此，许多笔记正如鲁迅所说“仍以传奇为骨”[①]。而且魏晋南北朝以来广泛传播的佛道两教之说，至唐犹盛；所以唐人笔记里仍旧存在轮回、尸解、服药、求仙、鬼神灵异等等荒诞的内容。有的作品如苏鹗的《杜阳杂编》之类，记志怪故事，还举出说者来证实，以期使人相信所言非妄。由此看来，唐代历史琐闻类的笔记，有不少仍是传奇的支流；我们不能因为它们所记的是历史人物，而视为实录，一律当作史料来看，要仔细加以辨别。

不过，从总的方面说，唐人笔记究竟是已经基本上突破了魏晋南北朝笔记的内容和形式的限制，而前进了一大步。虽然有的作品，如陆勋的《集异志》、李冗的《独异志》之类，在仿《博物志》和《搜神记》，但并非主流；虽然有的作品，如王方庆的《续世说新书》之类，在拟《语林》与《世说新语》，但并不昌盛；虽然传奇小说和一般历史琐闻类的笔记，依旧搜奇志怪，语涉不经，但多幻设的寓言，不尽同于魏晋的人物变化；虽然有的杂俎集，如段成式的《酉阳杂俎》之类，某些内容源出于前人的著作，但以全书论，却仍不失新

① 见鲁迅《中国小说史略》第十篇《唐之传奇集及杂俎》。

异。唐人的各种类型的优秀笔记，都是具有特色、能反映时代面貌的。

从发展上谈，传奇为笔记小说的一支，是在唐代商业经济和都市生活发达的基础上诞生的。它的内容和形式，都受到当代的市民文艺，特别是“变文俗讲”与“说话”的直接影响；又有古小说和史传作为借鉴，流行的民间故事丰富它的题材；古文运动对它也起了推进作用。因此它虽源出志怪，而能成为一种新的文学体裁，盛极一时。

本来魏晋南北朝的笔记，还是宗教与清谈之风影响的产物，非有意创作的小说。唐代传奇，则为文人寄意抒情之作。以形式言，改变了魏晋以来粗陈梗概的“残丛小语”的面貌，大都情节曲折，结构完整，辞藻华美，为首尾皆具之短篇。以内容论，主要是歌颂爱情、赞扬侠义、显示富贵功名的不长久等等，反映市民的思想意识和中上层知识分子的见解感情。由于传奇的风行，当时也有人藉此以施诬蔑。如《补江总白猿传》，据说为嫉恨欧阳询的人写来对他进行人身攻击的；《周秦行纪》相传出于李德裕门客之手而托名牛僧孺作以暗示其大逆不道的，这亦足以说明唐人传奇为有意识的创作。

传奇小说起于唐初而盛于开元天宝以后。唐初的作品如王度的《古镜记》，以一个古镜连缀几个治怪降妖的片断；如前面提到佚名的《补江总白猿传》，从《博物志》、《搜神记》中摘取原始情节，还都带有较浓厚的志怪气息。另外如武后时张鷟的《游仙窟》，用韵文和散文合糅的形式描写爱情故事，又与“变文俗讲”的风格相近。而此后传奇之作，除去专拟志怪的外，大部分是既涉神异，亦多世情；也没有像《游仙窟》那样明显地摹仿民间文学，大量堆积小诗的了。

传奇小说，当时有单篇，也有专集。如《玄怪录》、《甘泽谣》、《传奇》、《三水小牍》、《剧谈录》等，都是较著名的专集。杂俎数量不多，以《酉阳杂俎》为最有代表性。宋初李昉等编《太平广记》，将唐人小说大部分采入。今天有的专集，原书尚在，有的已经散失，只剩下《太平广记》中所保存的一些篇章。

《玄怪录》，牛僧孺撰。宋人因避“玄”字讳，改称《幽怪录》。原书十卷，已佚；仅存《太平广记》所引的三十三篇故事。现在通行的《重校说郛》、《五朝小说》、《龙威秘书》等本，都作一卷，题唐王恽撰，实际就是牛僧孺这部传奇集佚文的辑本。

牛僧孺在唐宪宗、穆宗、文宗、武宗、宣宗各朝历任显职，权倾一时；而少负才名，性喜志怪。这部《玄怪录》，大约为其入仕以前之作。唐代文人，多喜借小说以炫示意想之奇，笔墨之妙；牛僧孺也是如此。我们可以通过《玄怪录》里的几个故事，了解传奇集的一般内容。兹引其中较著名的“元无有”一条，原文如下：

宝应中有元无有，常以仲春末独行维扬郊野，值日晚，风雨大至。时兵荒后，人户多逃，遂入路旁空庄。须臾霁止，斜月方出，无有坐北窗，忽闻西廊有行人声。未几，见月中有四人，衣冠皆异，相与谈谐，吟咏甚畅，乃云：“今夕如秋，风月若此，吾辈岂不为一言以展平生之事也？”其一人即曰云云，吟咏既朗，无有听之具悉。其一衣冠长人，即先吟曰：“齐纨鲁缟如霜雪，寥亮高声予所发。”其二黑衣冠短陋人，诗曰：“嘉宾良会清夜时，煌煌灯烛我能持。”其三故弊黄衣冠人，亦短陋，诗曰：“清冷之泉候朝汲，桑绠相牵常出入。”其四故黑衣冠人，诗曰：“爨薪贮泉相煎熬，充他口腹我为劳。”无有亦不以四人为异；四人亦不虞无有之在堂隍也，递为褒赏。观其自负，则虽阮嗣宗《咏怀》，亦若不能加矣。四人迟明，方归旧所。无有就寻之堂中，惟有故杵、灯台、水桶、破铛，乃知四人即此物所为也。

这条故事，写故杵、灯台、水桶、破铛四物，各具衣冠，吟咏自述；较之魏晋志怪小说中禽兽化人的记叙，更为荒诞。但作者的企图并不在于宣扬怪异，而要用以表现自己的想象与辞藻，所以故意显露其事之出于虚构，标题“元无有”即暗示了故事的人物情节原为子虚乌有。

此外，如“崔书生”、“张佐”、“齐推女”、“岑顺”各条，亦皆谈神仙灵异、鬼物作祟，于魏晋志怪为近。“崔书生”叙述开元天宝中书生崔某和仙女的遇合：崔某好植名花，有一美女，屡从花下经过。崔生具备酒馔，留女憩息，得一老青衣婢为媒，和女子结婚。婚后因崔母怀疑女子为妖，女即涕泣求去，崔生送至山中女子家内，临别女以白玉盒子为赠。后有胡僧叩门求食，谓崔生所得白玉盒为至宝，以百万钱买去，并告诉崔生说，那个女子是西王母的第三个女儿玉卮娘子，可惜崔生和她相处不久；如能同居一年，全家就都可以不死了。把成仙的希望寄托于与仙女的结婚，魏晋志怪小说内已多有此情节。如《搜神记》卷一的天上玉女下嫁弦超，《幽明录》的刘晨、阮肇入天台遇仙女等，都是这类故事。《玄怪录》此条，似即由《搜神记》卷一天上玉女下嫁弦超的故事演化而来。“张佐”叙述梓潼薛君胄进入仙童耳内，其中别有天地：

花卉繁茂，城殿壮丽。君胄被蒙玄真伯委为主箓大夫，后因思归，复自仙童耳内落下，不久遂卒，再生为扶风申宗。这是根据道家的壶天、壶公的传说构思而成的故事①，又羼杂了佛教轮回转世之说的。“齐推女”叙述元和年间饶州刺史齐推的女儿，嫁给陇西李生为妻，在生育时为家内凶鬼所殴，耳鼻流血而卒。半年后，她显魂叫李生去向隐迹人间教授村童的九华洞中仙官田先生哀诉这事。田先生处置了凶鬼。因李妻的尸骨已坏，即收合她的魂魄为一体，涂以续弦胶使她复生。这个故事写仙人设署治事，断狱讯囚，有如人间的官府，又附会《海内十洲记》里续弦胶的传说，以再生为结尾，较唐人所写其他还魂的题材稍有变异，目的仍在于宣扬神仙的灵应。“岑顺”叙述汝南岑顺时于室内灯下见两军会战，胜败不常。后来岑顺家人在室内掘出古墓中明器，有甲胄人马之形，才知道岑顺所见是此物为祟。这又是魏晋志怪小说记人物变化的一种类型。

---

① 相传后汉时费长房为市掾，市上有一老翁卖药，悬一壶于肆头，市罢即跳进壶内。后来费长房随老翁入壶，见其中房屋华丽，充满美酒佳肴。故事出《后汉书·费长房传》和《初学记》卷二六引葛洪《神仙传》。又《云笈七签》卷二八“二十八治”引《云台治中录》云：“施存，鲁人……学大丹之道……后遇张申为云台治官，常悬一壶如五升器大，变化为天地，中有日月，如世间，夜宿其内；自号壶天，人谓曰壶公。”道家以壶天、壶公，称仙境、仙人，其说见此。

《玄怪录》在唐代曾盛行一时，继起之作有《续玄怪录》，摹拟牛著；有《宣宝志》与《博异记》，亦和《玄怪录》为近。

《续玄怪录》，李复言撰。现在通行的有一卷本和四卷本两种：一卷本从《说郛》录出，《五朝小说》和《龙威秘书》所收，即此本；四卷本为南宋书贾所辑，《四库全书总目》著录的，即此本；皆非原书。所以《太平广记》引的《续玄怪录》，多为今四卷本所无。清胡珽收四卷本入《琳琅秘室丛书》，又辑《太平广记》引文为《拾遗》二卷，附《校勘记》一卷，为目前较完备的本子。

李复言为文宗大和、开成年间人，所记异闻，大多推演《玄怪录》的波澜，反映出佛道两教思想在士大夫当中的广泛影响。如“张老”一条叙述扬州六合县园叟张老，娶其邻韦恕的长女；因韦恕憎其贫贱，移居天坛山南。后恕思女，令其子义方访之。义方见张老及己妹于仙山楼阁之间，张老仪状甚伟，面有少容；其妹服饰之盛，世间鲜见。归时，张老赠金二十镒，并与义方一旧席帽，使持之往扬州卖药王老处取钱一千万。嗣义方再到天坛南，则千山万水，不复有路。这个故事，强调“仙俗路殊”，显示了对神仙的向往，而颇带人情味。可以看出，秦汉以来流传的神仙家言，至此已渐渐增加了民间传说色彩。又“杜子春”一条，写杜子春为一老人约守药炉，嘱其凡见神鬼、猛兽、地狱、亲属等等，皆非真实，不得言动。子春历诸幻境，均不动心，唯见爱子被杀，不免惊恸失声，于是炉毁药焚，前功尽弃。“薛伟”一条，叙述乾元元年任易州青城县主簿的薛伟，病中魂化为赤鲤，为渔人赵干钓得，供薛之同官邹、雷、裴三人作脍。庖人割断鱼头，薛始苏醒，向邹、雷等人具言其故，于是三人一齐投鲙，终身不再食鱼。这里前一个故事说明七情未断，不能修道求仙；后一个故事，宣扬佛教轮回之说，旨在劝人戒杀放生。此外如“张逢”一条，叙述元和末南阳张逢化虎食人；“李卫公靖”一条，叙述李靖微时代龙行雨，俱甚奇诡。李靖行雨一节，文字尤佳，兹摘引如下：

公曰：“靖俗客，非乘云者，奈何能行雨？有方可教，即唯命耳。”夫人曰：“苟从吾言，无有不可也。”遂敕黄头被青骢马来；又命取雨器，乃一小瓶子，系于鞍前，诫曰：“郎乘马，无漏衔勒，信其行。马躩地嘶鸣，即取瓶中水一滴，滴马鬃上，慎勿多也。”于是上马，腾腾而行，其足渐高，但讶其稳疾，不自知其云上也。风急如箭，雷霆起于步下。于是随所躩辄滴之。既而电掣云开，下见所憩村，思曰：“吾扰此村多矣，方德其人，计无以报，今久旱苗稼将悴，而雨在我手，宁复惜之！”顾一滴不足濡，乃连下二十滴。俄顷雨毕，骑马复归，夫人者泣于厅曰：“何相误之甚，本约一滴，何私感而二十之？天此一滴，乃地上一尺雨也。此村夜半，平地水深二丈，岂复有人？妾已受谴，杖八十矣。（袒视其背，血痕满焉）儿子并连坐，如何？”公惭怖，不知所对……及明，望其村，水已极目，大树或露梢而已，不复有人。

此段虽内容荒诞，而想象丰富，描摹生动，颇能显示这部书的写作技巧。

《宣室志》，张读撰。现在通行的《稗海》本为十卷，有《补遗》一卷，大约是后人辑他书所引附载于后的。张读是牛僧孺的外孙，《宣室志》可能也受《玄怪录》影响而编撰。因为汉文帝曾在宣室召见贾谊，询及鬼神之事，所以张读这部记鬼神灵异的书即以宣室为名。

《宣室志》所录故事，也杂糅佛道思想，并多六朝以来流行的鬼狐变化之说。如卷一记唐文宗时北都衙将宁勉，平日常诵《金刚经》，后来当蓟门的叛兵包围他所守的飞狐城时，金刚就显灵为他退敌；同卷另一条记大和年间许文度病中入冥，因其妻奉佛祈祷，铸二金像，于是许文度得二金人救护而复苏。都是宣扬佛法，使人归依释氏，和南北朝的《宣验记》、《冥祥记》等志怪书的内容为近的。而记群鱼俱呼佛号（卷四“宣城郡当涂民”一条）；鸡卵亦喊观音（卷七“唐敬宗皇帝御历”一条）；杀死蜘蛛的，就被蜘蛛所螫，臂溃而亡（卷一“有御史韦君”一条）；不养猫的，就得到老鼠的报答，免遭屋塌压死之祸（卷三“宝应中有李氏子”一条）等等，则指出一切生物全有灵感和神通，知道感恩报怨，寓戒杀放生之意。另外，如记贞元中河朔李生曾劫财杀一少年，后此少年转生为李的上司，诛李雪恨，又是显示佛教“现世报”的说法的。这些故事，都反映了唐代中叶皇帝和士大夫的信仰佛教。

至于像卷八所记兰陵逸人因吃灵芝而长生不老，卷九所记永乐县蒲道华以窃食道士丹药而成仙等等，还是以往志怪小说内炼丹术药、尸解飞升的道教故事，并无新异。谈人物变化的，如卷三记江南吴生之妾为夜叉，卷八记太原王含之母为狼，卷五记晋阳西童子寺蒲萄作怪之类，亦不免于拾魏晋人的唾余。卷十记荥阳郑德楙与女鬼结合的故事，又是据《搜神记》卷十六卢充和崔少府女儿幽婚的情节而改头换面。唐人小说，承袭魏晋志怪，这部书是表现得相当明显的。

《博异记》，晚唐郑还古撰，一卷，亦作《博异志》。通行的有《古今逸史》、《秘书二十一种》、《龙威秘书》等本子。书中记敬元颖、许汉阳、王昌龄、张竭忠、崔元微、阴隐客、岑文本、沈亚之、刘方元、马燧十条故事，皆涉神怪。其“崔元微”一条，记天宝中崔元微在洛苑东有宅，偶于月下见数女入院，云将往看封十八姨，于此暂歇；不久封家姨亦来，元微设酒待之。因封姨倾酒污一绯衣小女衣裳，小女发怒，封姨不悦而去，诸女亦西入苑中。次日诸女复来，言住苑中每岁多被恶风所挠，常求封十八姨庇护，昨日失欢于封姨，难再借助，拟请元微于每岁有东风时立一朱幡于苑东，以免风患。元微依言立幡，于是风起沙飞，而苑中繁花不动；始知诸女为众花之精，封十八姨乃风神。事后数夜，诸女又来致谢，赠桃李花数斗，劝元微服之，以延年却老。这个故事，通过对花和风的人格化描写，表现了防风护花、征服自然的一种设想和愿望，很有情致，为后人所乐道。明冯梦龙《醒世恒言》第四卷“灌园叟晚逢仙女”一回中，即曾采此故事。此外如“敬元颖”一条，记唐初古镜落井，化为美女，被毒龙役使，诱人入井，以供龙食；“许汉阳”条，记贞元中许汉阳日暮泊舟湖边，遇海龙王诸女饮宴吟诗，以人血作酒；“张竭忠”一条，记天宝中河南缑氏县东太子陵仙鹤观，每年九月三日夜有一道士得仙，后知乃被黑虎衔去等等，亦皆构思新奇，不似他书之多袭陈言。《四库全书总目提要》称赞这部书故事中所录诗歌工致，认为“视他小说为胜”[①]；系只就一端而言，未为全面。

除去前谈各书而外，如李冗的《独异志》三卷，陆勋的《集异志》四卷，皆杂辑古事，兼及唐代的传说琐闻。如《独异志》卷上记唐初玄奘往西域取经。去后，灵严寺松枝，年年西指；归时，松枝忽转而向东，即为唐代流行的传说。明吴承恩曾采此情节入《西游记》。不过，这两书内容，虽偶有可取，但大部分故事，系摘抄魏晋小说及他书而来，以语怪者为多，仍是“残丛小语”式的志怪集，不应视为传奇。

综观上述的故事，可见由《玄怪录》至《博异记》之类的传奇集，实皆承袭志怪，扩张波澜；而描绘生动，情节委婉，文章辞采超过了以前的志怪集。但其故事，虽多标唐代年月、时流姓名，内容却缺乏时代的特色；比较能反映当时社会现实的，还是《集异记》、《甘泽谣》、《传奇》、《三水小牍》、《剧谈录》等书。

《集异记》，薛用弱撰。本为三卷，而唐宋以来所传卷

---

① 见《四库全书总目提要》子部小说家类三。

数，多不相同。明清通行的本子如《说郛》与《顾氏文房小说》，均作二卷；《重校说郛》和《五朝小说》、《唐宋丛书》等，均作一卷。以《顾氏文房小说》本为较好，《太平广记》采入这部书的故事很多。

薛用弱是长庆、大和时人，他这部《集异记》曾以内容新颖、文字雅洁而盛行于唐宋之间。其中有些故事，流传众口，被后人用为典故。如“王维”一条，记王维少负文名，娴习音律，善弹琵琶，为岐王所器重。当时维将应举，而公主已嘱试官以张九皋为解头。维托岐王设法，岐王乃携维至公主府第，令于筵间独奏新曲。曲调哀切，已使公主称奇；继献诗卷，又多为公主平日熟读以为古人佳作的，公主更加惊异。于是岐王乘机进言，公主遂召试官至府，传谕以王维作解头了。这个故事，虽然意在显示王维的才艺，却可藉以了解唐人应举，多在事前由权贵为之揄扬请托而内定名次。又“王之涣”一条，记王昌龄、高适、王之涣三人并以能诗著称，尝共饮旗亭，各唱新诗。先有人唱了王昌龄和高适的诗，王之涣指着诸妓中最佳者一人说必定唱他的诗，后来此妓果然唱了“黄河远上白云间”一首绝句，正是王之涣的得意之作，于是三人相与大笑。这个“旗亭赌唱”的故事，为大家所熟知。唐人乐府，多唱绝句，亦于此可见。

此外如“徐佐卿”一条，记唐玄宗于天宝十三载在沙苑射猎，箭中孤鹤，其鹤带箭而飞。后来玄宗入蜀，在益州明月观，忽见射鹤之箭，并睹壁上留题岁月，始知所射孤鹤为青城道士徐佐卿。“韦宥”一条记元和间韦宥偶于江畔芦苇中见新丝筝弦缠绕芦心，即取归命筝妓试安于乐器。不久此弦竟蜿蜒舒展，蠕蠕摇动，并露双眸。韦宥大惊，命投之江内，遂化为百丈白龙，拏攫升天。这前一条是《搜神后记》的丁令威化鹤一类的神仙故事的演化，后一条为有关神龙变异的传说的翻新，亦足以表现唐人小说之有意炫奇。

《甘泽谣》，袁郊撰，一卷。今本为明人自《太平广记》中辑出，通行的有《说郛》、《津逮秘书》、《学津讨原》[1]、《唐宋丛书》诸本。学津本曾经校正，较好；商务印书馆《丛书集成》本，即据此排印。

袁郊是懿宗咸通间人，官至虢州刺史。其书成于咸通中久雨卧病之时，故名《甘泽谣》。书中共载异闻九条，像“红线”、“陶岘”、“圆观”等都是脍炙人口的故事。

“红线”，叙述肃宗至德以后，潞州节度使薛嵩，因为魏

---

①《学津讨原》本《甘泽谣》中的“聂隐娘”一条，据《太平广记》卷一九四“豪侠”引云“出《传奇》”。则此条当属裴铏之作，为后人误辑入《甘泽谣》的。

博节度田承嗣广募武士，将侵潞州，而日夜忧闷。婢女红线，探知薛嵩的心事，表示自己可以夜入魏博，窥其动静。于是一更飞行，三更即回，从田承嗣床头取来一个金盒。薛嵩派人把这金盒送还以示威，田承嗣非常恐惧，赶紧遣使者献帛马，向薛嵩谢罪，不敢再作侵潞州之想。红线却功成身退，辞别薛嵩入山了。这个故事，反映了唐代统治阶级内部的矛盾，说明安史乱后，藩镇的拥兵跋扈和互相火并的事实，热烈赞扬了具有神术、消弭一场战祸于无形的女侠。其中叙红线夜行往还的一段文字，极为精彩：

红线曰：某子夜前三刻，即到魏都，凡历数门，遂及寝所。闻外宅男止于房廊，睡声雷动。见中军士卒，步于庭庑，传呼风生。某发其左扉，抵其寝帐，见田亲家翁正于帐内鼓趺酣眠，头枕文犀，髻包黄縠，枕前露一七星剑。剑前仰开一金盒，盒内书生身甲子与北斗神名，复有名香美珍，散覆其上，扬威玉帐，但期心豁于生前；同梦兰堂，不觉命悬于手下；宁劳擒纵，只益伤嗟。时则蜡炬光凝，炉香烬煨，侍人四布，兵器森罗，或头触屏风，鼾而亸者；或手持巾拂，寝而伸者。某拔其簪珥，縻其襦裳，如病如昏，皆不能寤；遂持金盒以归。既出魏城西门，将行二百里，见铜台高揭，而漳水东注；晨飙动野，斜月在林。忧往喜还，顿忘于行役；感知酬德，聊副于心期；所以夜漏三时，往返七百里；入危邦，经五六城；冀减主忧，敢言其苦。

这里写红线于坐领雄师、虎踞一方的节度使视同无物，直抵其戒备森严的寝所，还把侍人们戏弄一番，然后从容归去，这怎能不使田承嗣丧胆！作者的描绘是十分细腻、生动的，“晨飙动野，斜月在林”等数语，状昧爽景色，亦清新可喜。

“陶岘”叙述开元末年昆山的富豪陶岘有一个昆仑奴名摩诃，善于游水。陶岘经常把他的玉环和古剑投入江湖，令摩诃泅水取出，以为戏乐。最后摩诃就因为被陶岘强迫入江捞环剑，为蛟龙所害，肢体碎裂而惨死。这个故事也显示出当时社会的部分情况，说明奴隶境遇的可悲，生命毫无保障。

“圆观”一条叙述大历末年，谏议李源和洛阳惠林寺僧人圆观的两世交谊。后来圆观转生为三峡中王姓之子，出生三日，李源往观，婴儿对之一笑。过了十二年，此儿长为牧童，又在杭州天竺寺前和李源见面，作歌两首而别。这个故事本来还是佛教三世轮回之说的滥调，但着重描写了两人相契之深、生死不渝，有较浓厚的人情味，故为后代所传诵[①]。

《传奇》，裴铏撰，三卷。其书盛行于宋代，故宋人于唐小说之志神仙怪异的，均称为传奇。原书已佚，现在仅存《太平广记》所录的一些篇章。像“昆仑奴”、“聂隐娘”、“崔炜”、“裴航”、“韦自东”等盛传人口的故事，都出自这部书。

“昆仑奴”和“聂隐娘”两篇俱写异人、剑客，用意亦大致相近。前一篇叙述大历中崔生的昆仑奴磨勒因为崔生爱慕权臣一品的红绡妓，就夜入一品府中，打死看门的猛犬，使崔生与红绡会晤，并背负二人飞越高墙十余重而出。两年后一品查明原委，派甲士五十人去捉磨勒，磨勒持匕首飞去，疾如鹰隼，乱箭攒射，皆未能中，顷刻之间，不知所往。一品因此又悔又怕，严加戒备地防卫了一年才停止。这个故事说明权势、暴力于武艺超群的侠客都无可奈何，显示了对擅作威福的统治阶级的蔑视。后一篇叙述贞元中魏博大将聂锋的女儿隐娘，幼年从一尼姑，学成剑术，后嫁一磨镜少年为妻。元和年间魏帅

① 宋苏轼的《圆泽传》，即据此情节写成，唯改“圆观”为“圆泽”。附见《学津讨原》本《甘泽谣》后。

任用隐娘，派她去暗杀陈许节度使刘昌裔。昌裔预知隐娘夫妇将乘白驴黑驴各一匹而来，遣衙将往迎，隐娘因留在刘处不回，并击毙魏帅派来行刺的精精儿，用计退去继至的妙手空空儿，保卫了刘昌裔。后辞昌裔入山，不知所终。这个故事，也极力形容剑客的神奇，表现了当时藩镇之间的猜忌与蓄养刺客暗杀异己的风气之盛，其情节颇为后人所乐道。清尤侗的《黑白卫》传奇，即据此编成。

“崔炜”、“裴航”、“韦自东”三篇，写神仙方术，是一类的内容。“崔炜”叙述贞元中崔炜在番禺偶助一妪，得所赠艾，屡出为人灸愈赘疣。后堕枯井，又灸去一白蛇吻边之疣，蛇遂载炜入汉南越王赵佗墓中，获得宝珠和美妇，出世求仙。“裴航”叙述长庆中秀才裴航经过襄汉蓝桥驿一座茅屋之旁，因为渴极，向缉麻的老妪乞饮，喝到了琼浆玉液；又见老妪的孙女云英非常艳丽，求娶为妻。老妪答以如能觅得玉杵臼以捣仙药，即可将女许嫁。后来裴航果然找来了玉杵臼，与云英结婚，成为上仙。“韦自东”叙述韦自东在山中为一道士看守仙药，屡以宝剑击退魔怪，最后仍被妖邪幻化突入，以致药炉爆毁，功败无成。情节与《续玄怪录》中的“杜子春”一条相近，可能同出一源。

这三个故事，很曲折动人，可以看出《传奇》的内容和文笔，不在《甘泽谣》之下，为一时优秀之作。“裴航”尤为唐代写仙女的故事中最富意想辞采的一篇，“蓝桥玉杵”已在后人诗文里被用为典故了。

《三水小牍》，皇甫枚撰。本为三卷，今本分上下二卷，已非原书。现有中华书局新排印本，系据旧本核校，书末还附录佚文十四条。有名的《非烟传》一篇传奇，记武公业的侍妾步非烟与赵象私恋的悲剧，即为此书佚文，见《太平广记》。

皇甫枚是安定人，曾在懿宗、僖宗两朝做官，《三水小牍》为其旅居汾、晋时所撰。三水是安定的属邑，故取以为书名。

《三水小牍》所述亦多神仙怪异之事，和其他传奇集的内容，用意相近。但也有些条目记叙自己的见闻、经历，可供研究唐末的政局和社会状况之参考。如“陈璠临刑赋诗”一条，记时浦、陈璠二人，都在支详部下，后来时浦借故威胁支详解除兵柄，陈璠又在支详回都时伏兵杀其全家。这说明了当时不仅藩镇跋扈，使皇帝无可奈何；悍将骄兵，亦往往迫害主帅，足见唐末政局的混乱。又“高平县所见”一条，记作者在光启中赴梁州经过高平县时，在山坡上看见茅屋数间，槿篱疏散，有村妇著故黄衣，蓬头败屦，呼之不应。等走到门前，则荆扉萦满葛藤，院内罗生茨棘，略无人踪。这是旅途实况的描写，反映了战乱所造成的人烟稀少、荒凉破坏的情状。此外如“暴风拔旆李钧不终”一条，记李钧在上党统众，纵兵殃民，后遂被杀；佚文的“温璋”一条，记京兆尹温璋，贪货残酷，终于饮鸩而亡。都表现了警戒凶顽、抨击罪恶之意。唯书中于农民起义颇多诬蔑，不可不辨。

《剧谈录》，康骈撰，二卷。成书于昭宗乾宁二年。所记皆天宝以来的琐事，共四十余条，间附议论于后。其中有些武侠故事，写得很好。可“潘将军失珠”一条所写盗珠的三鬟女子，“田膨郎偷玉枕”一条所写擒获田膨郎的小仆，颇似《传奇》的聂隐娘、昆仑奴一流人物，情节亦甚婉曲。又“张季弘逢恶新妇”一条写张季弘自负武勇，要替一个老妪管教她的新妇；可是当那个新妇向他申诉时，“每言一事，引手于季弘所坐石上，以中指画之，随手作痕，深可数寸”，他就吓得“汗落神骇”，不敢再管闲事了。这个故事旨在警戒骄矜，说明到处都有能人，内容也很精彩。

从全书看，《剧谈录》中谈神鬼灵怪的故事，仍占较大的比重，但写世务的已比上述传奇集稍多。如“宣宗夜召翰林学士”、“浑令公李西平爇朱泚云梯”诸条，虽近于传说，未能视为实录，亦可资参考。“王侍中题诗”、“白傅乘舟”等条，很像《世说新语》一类书所记的言行片断。又“宰相布施”一条，记乾符中某宰相在路边施钱济贫。有朝士投笺劝谏，以为刑清俗富，天下自无穷人；只行小惠，是不知为政。“洛中豪士”一条，记洛中豪贵子弟，平日穷极奢侈，非炼炭炊馔不食；后来遇乱饿了三天，吃一碗脱粟饭，就觉得“粱肉之美不如”。这前一个故事，揭露掌权者不识大体，唯知沽名钓誉；后一个故事，讽刺纨绔子弟之不知民间疾苦，均寓针砭世俗之意。前举各例，足以说明《剧谈录》内容的多样化。这部书现有中华书局的排印本，较为完整。

和上述诸书撰辑时代相近的著作，还有苏鹗的《杜阳杂编》三卷，冯翊的《桂苑丛谈》一卷。《杜阳杂编》记代宗至懿宗十朝的故事，以涉及远方珍奇物品的叙述为多，大都承袭志怪，扩大想象，虽人皆实有，而事每无稽。《桂苑丛谈》记懿宗咸通以后事，大半为鬼神怪异之谈。但二书所载，亦非尽荒唐，间有可取。如《杜阳杂编》记鱼朝恩之跋扈，裴度之讨吴元济，均符史实。《桂苑丛谈》的“崔张自称侠”一条，记某客以囊盛猪头，自称杀死仇人，骗去进士张祜的财物，为清吴敬梓《儒林外史》的“侠客虚设人头会”一回的情节所本。又“方竹拄杖”一条，记甘露寺老僧把李德裕赠送的方竹杖削圆加漆，已被后人作为典故，用“规圆方竹杖”来讥讽不解事、煞风景的俗客。这两部书，于唐末社会情况之某些反映，还是足资采择的；对后来的笔记小说，也有一定的影响。此外如牛肃的《纪闻》十卷，亦为较著名的传奇集，而原书已佚，只剩《太平广记》所引的十九篇，其记吴保安事一条，盛传人口，宋人采之入《新唐书·忠义传》，明人又演其事为小说[①]。至于像题为柳宗元撰的《龙城录》、题为冯贽撰的《云仙杂记》等，则均杂录琐闻，零星细碎，与传奇集不同；而后人作诗文用此二书故事者不少。故虽出于伪托，亦曾盛行[②]。

至于唐传奇的单篇，如沈既济的《枕中记》、李公佐的《南柯太守传》，写富贵功名的有如梦幻不能久长；李朝威的《柳毅传》、佚名的《灵应传》，写龙女的遭遇，都属于神怪故事一类。如蒋防的《霍小玉传》、白行简的《李娃传》、元稹的《莺莺传》、陈玄祐的《离魂记》等，属于爱情故事一类。如杜光庭的《虬髯客传》、李公佐的《谢小娥传》，写异人或复仇精神，属于侠义故事一类。佳作甚多，不能备举。这里着重介绍的是专集，对单篇就不一一叙及了[③]。

---

① 明冯梦龙《喻世明言》的《吴保安弃家赎友》一回，即据《纪闻》吴保安事写成。

②《龙城录》和《云仙杂记》皆为宋王铚所伪托。参阅《四库全书总目提要》子部小说家类一和小说家类存目二。

③ 汪辟疆所编《唐人小说》于传奇佳作，大都录入，取阅甚便。古典文学出版社出版。

《酉阳杂俎》，段成式撰，前集二十卷，续集十卷。全书分门别类地辑录材料，好像类书，实乃仿张华《博物志》体例而变化、扩大的。所记自仙佛鬼怪、人事以至动物、植物、酒食、寺庙、考证等等，无不包罗；内容极为复杂，标目也很新异。如志怪异的一门叫作“诺皋记”，记道术的一门叫作“壶史”，抄佛书的一门叫作“贝编”，各有寓意[①]；讲养鹰之法的一门叫作“肉攫部”，名亦奇创。这部书是把志怪、传奇、杂录、琐闻、考证诸体汇为一编的，称作杂俎，确甚恰当。

《酉阳杂俎》的内容，“多诡怪不经之谈，荒渺无稽之物”[②]。其中有的故事，录自前人著作；有的情节，近似同时诸书所记：如续集卷四引许彦鹅笼的故事，即标明出《续奇谐记》；天宝中道士顾玄绩请人助守药炉的情节，和《续玄怪录》的“杜子春”、《传奇》的“韦自东”两条如出一辙。足见其语怪一类，亦未能出新。但全书所涉范围甚广，所辑材料很多，可资谈助、采掌故、供考证之处，也有不少。如前集

① 诺皋是道家的太阴名，道家又有壶天、壶公的传说。所以段成式名其书志怪的部分为“诺皋记”，记道术的部分为“壶史”。印度所产贝多树的叶子（简称“贝叶”）可当纸用，昔人取以写佛经，故段成式称其书抄佛经的部分为“贝编”。

② 语见《四库全书总目提要》子部小说家类三。

十二“语资”记王勃为文，先磨墨而卧，然后奋笔直书，时人谓之腹稿；李白于玄宗前令高力士脱靴，为唐代有名的传说，与他书所述相合。又记张说事一条云：

> 明皇封禅太山，张说为封禅使。说女婿郑镒本九品官，旧例封禅后，自三公以下皆迁转一级；惟郑镒因说骤迁五品，兼赐绯服。因大脯次，玄宗见镒官位腾跃，怪而问之，镒无词以对。黄幡绰曰：“此乃太山之力也。”

后人称岳父为太山，即多征引此事，以为典故。又前集卷十六“羽篇”记有一种妖鸟叫作“夜行游女”，能作祟为害小儿，与北魏郦道元《水经注》卷三十五“江水”引《玄中记》所称“女鸟”，梁宗懔《荆楚岁时记》所称“鬼鸟姑获”，亦出于同一传说，可以互相参证。另外像“尸穸”篇之志丧礼，“贬误”篇之考弹棋，“寺塔记”之述寺庙等等，在研究古代风习、名物、宗教信仰以及唐时街巷等各方面，也都值得参考。尤其是“寺塔记”更有价值，可与后魏杨衒之的《洛阳伽蓝记》相比。如宋宋敏求撰《长安志》，元李好文编《长安志图》，全根据这部分材料，以考见唐代街巷。清徐松撰《唐两京城坊考》，也大量采用“寺塔记”

的内容[1]。所以《酉阳杂俎》虽不免荒诞，而后人还多从其中取资。

《酉阳杂俎》通行的有《津逮秘书》、《学津讨原》、《湖北先正遗书》和商务印书馆《四部丛刊》的影印明刊本等，都是三十卷，以《四部丛刊》本为较好。

通过前面各书的介绍，可以了解唐代小说故事类的笔记，约分四种：第一种是像《玄怪录》、《续玄怪录》、《集异记》、《甘泽谣》、《传奇》等这样的传奇集，其中故事大都篇幅漫长，情节完整，为首尾皆具之短篇小说；第二种是像《三水小牍》、《剧谈录》、《桂苑丛谈》等书，仍属传奇类型，而兼载零星的琐闻轶事，又近于杂记体裁；第三种是像《酉阳杂俎》这样的杂俎集，分类系事，汇辑各种材料；第四种是像《宣室志》、《集异志》、《独异志》等这样的志怪集，或铺叙稍详，略似传奇，或粗陈梗概，如魏晋之“残丛小语”。作为一种文学作品来看，第一种书价值较高，第四种书好处最少。若就内容而言，则无论哪一种笔记，所叙都以荒诞无稽的异闻奇事为多；只是小说，不同史料。不过这些书内关于唐代政治情况的记述和社会面貌的反映，还是足供采择的。

① 参阅清李慈铭《越缦堂读书记》下册931页谈《酉阳杂俎》的一节。

第二节　历史琐闻类的笔记

《隋唐嘉话》、《唐国史补》和《因话录》及其他

唐代整理史料、编辑史书的风气是较盛的。《晋书》、《梁书》、《陈书》、《北齐书》、《周书》、《隋书》，全是唐代官修；《南史》和《北史》是李延寿的私人著述，都保存了不少的前朝史料。另外像温大业撰《大唐创业起居注》，记唐高祖李渊起事的始末，则为作者亲身经历的叙述，开实录之先河。这一切对当时士大夫的采辑轶事、传说，有一定的推动作用；再加上晋宋以来的《语林》与《世说新语》等书的影响，唐代历史琐闻类的笔记就发展起来，种类甚多。其中有的仿《世说新语》的体裁，分门记事，如《大唐新语》；有的专辑一朝琐闻，如《明皇杂录》；有的偏重一类记载，如《云溪友议》之大录歌咏；有的更近于志怪传奇，如《朝野佥载》之侈谈神异。总的说来，仍以汇辑各种琐闻轶事的一类为较多。这些笔记虽都不免于荒诞之言，各在不同程度上带有小说意味、传奇色彩，但它们的大部分内容全是有关唐代人物、史实以及典章制度的记载。因此后人尽管讥评它们琐碎、丛

杂，却不能摒弃不用。如宋司马光撰《资治通鉴》，即曾多次引用《朝野佥载》。

唐代历史琐闻类的笔记，也像传奇小说一样盛于开元天宝以后。像《朝野佥载》、《隋唐嘉话》、《大唐新语》、《刘宾客嘉话录》以及《因话录》、《云溪友议》等，都较为著名。五代人所撰的笔记，如《开元天宝遗事》、《北梦琐言》、《鉴戒录》等，仍多述唐代旧闻，兼记近事，内容亦有可取。而史料价值较高的著作，当推《唐摭言》。这里先介绍唐代摹仿《世说新语》的《隋唐嘉话》、《大唐新语》和与前两书内容、体裁相近的《唐国史补》这三部书。

《隋唐嘉话》，刘悚撰。通行的有《五朝小说》、《历代小史》、《续百川学海》等的一卷本和《说郛》、《顾氏文房小说》分上中下的三卷本。

刘悚曾在天宝初年做官，书内辑录的人物、故事自隋至唐玄宗时止，以太宗一朝的轶闻为最多，亦偶有关于文学、艺术的记载。所采皆为简短的言行片断，体裁和文字都表现出它是《世说新语》的流派。试看下例：

> 太宗将致樱桃于酅公，称“奉”则以尊，言“赐”又以卑，乃问之卢监，曰：“昔梁武帝遗齐巴陵王

称‘饷’。”遂从之。　（卷中）

炀帝善属文，而不欲人出其右，司隶薛道衡由是得罪。后因事诛之，曰：“更能作‘空梁落燕泥’否？”　（卷上）

这就很像《世说新语》的“言语”、“文学”等篇的内容。隋薛道衡因“空梁落燕泥”的名句为嫉才的隋炀帝所杀，是大家熟知的故事。

《隋唐嘉话》记述的方面不算很广，但唐初的宫廷轶闻以及高宗、武后时的琐事和一些有名士大夫的言行，可资考史参证或被后人用为典故的，却也不少。如卷下记娄师德之弟拜代州刺史，临行时，娄师德嘱咐他要遇事忍耐，如有人唾其面，当笑而受之，候唾液自干，不可拭去，以激人怒。这是“唾面自干”一语的出处。《新唐书·娄师德传》即采入了这个传说。书中又记武后游龙门，令群官赋诗，先成者赏锦袍。左史东方虬诗先成得袍；宋之问诗后成，而文理兼美，乃夺东方虬之袍以赐之问。因为《隋唐嘉话》有这段轶事，后来“夺锦”遂亦成典故了。又如下面两条记载：

旧官人所服唯黄紫二色而已。贞观中始令三品

服紫；四品以上朱；六品、七品绿；八品、九品以青焉。（卷中）

武后以吏部选人多不实，乃令试日自糊其名，暗考以定等第。判之糊名，自此始也。（卷下）

前一条述贞观时官吏服色的变更，后一条记武后时吏部甄选用糊名制之始，都是涉及唐代典制的史料，很可宝贵。

《大唐新语》，刘肃撰。又名《大唐世说新语》，明人还称之为《唐世说》。现在通行的是《稗海》的十三卷本，卷首有元和丁亥年的刘肃自序，其书当即成于此时。据《四库全书总目提要》说，这书卷末还有“总论”一篇，《稗海》未载。

《大唐新语》仿《世说新语》的体裁，按内容分门系事，有匡赞、规谏、极谏、刚正以至谐谑、记异、郊禅等二十九门，记录自唐高祖武德初年到代宗大历末年的琐闻轶事。每段多各具首尾，叙述较详，和《世说新语》之着重截取片言只语者不同，更接近于“杂史”一类。

这部书中的故事，有不少条已见于《隋唐嘉话》，如“容恕”门记户承庆考校内外官，“知微”门记侯君集谋反，“谀佞”门记唐太宗谓宇文士及为佞人，“持法”门记河南尹李杰审判寡妇，“聪敏”门记贾嘉隐对李勣等问，“谐谑”门记长孙无忌与欧阳询相嘲等条，当即采自《隋唐嘉话》。但此书所收各类材料，却较《隋唐嘉话》丰富，“文章”、“著述”两门可取的内容就有很多。如“文章”门的一条，叙述玄宗命张说和徐坚、韦述等人辑录《初学记》的经过，使我们知道古代类书是为了作文速成、取材方便而撰集，并能了解《初学记》比前代类书在编排的形式、体例方面作了一些改进。又“文章”门记王勃、杨炯、卢照邻、骆宾王皆以文词知名海内，时人称为“王、杨、卢、骆”，还提到张说对杨炯的“耻居王后，愧在卢前”的评语，都为后来论唐诗的人所引用。“文章”门保存的上官仪、苏味道、刘怀一、张宣明、李峤、陆余庆等人的诗以及其他的零章断句，亦为辑唐诗者所采录。此外，如“厘革”门记唐初吏部典选之制和有关贡举的故事，“褒锡”门记唐太宗画长孙无忌、秦叔宝等二十四名功臣像于凌烟阁，“谀佞”门记侍御史郭霸尝御史大夫魏元忠的便溺以讨好上司，“记异”门记唐僧玄奘赴天竺取经、一行撰《开元大演历》等等，或涉典制，或关史实，或涉官场，或关宗教、学术，从不同的角度来看，全有一定的参考价值。还有像“识量”门记玄宗时左相李适之被李林甫排挤而罢相，自赋“避贤初罢相，乐圣且衔杯”之句，杜甫作《饮中八仙歌》即把这两句引入诗中，可见《大唐新语》这段叙述的真实性。“酷忍”门记武后时酷吏周兴、来俊臣特造十个大枷，名为“定百脉”、“喘不得”、“失魂魄”、“死猪愁”等等，并编《告密罗织经》一卷，用非刑逼供，诬人谋反。这又是新、旧《唐书·酷吏传》部分内容的依据。

《大唐新语》虽是近于小说的笔记，其中所载，不能全都视为史料；而研究唐代文史，它仍不失为一部很值得参考的书。

《唐国史补》，李肇撰，三卷，亦称《国史补》。通行的为《津逮秘书》、《学津讨原》、《得月簃丛书》等本。卷首有李肇的自序，说明这部书为续刘餗的《传记》而作。其分为三卷，亦系依《传记》之旧①。

这部书所记都是从开元到长庆间的轶事、琐闻。上卷和中卷各一百零三条，下卷一百零二条，每条全用五个字标题，如“李白脱靴事”、“张旭得笔法”、“王摩诘辨画”等等。

---

①《新唐书·艺文志》史录杂传类著录刘餗《国朝传记》三卷；子录小说家类又载刘餗《传记》三卷，注云：“一作《国史异纂》。”李肇所说《传记》，当即指此。《宋史·艺文志》卷二传记类亦列刘餗《国史异纂》之名。而《说郛》卷六七所引《国史异纂》十条，卷三八所引《传载》十一条，俱见《稗海》本《隋唐嘉话》。大约其书明代已亡，《说郛》所引，即取自《隋唐嘉话》。清周中孚也认为《国朝传记》和《隋唐嘉话》相同。说见商务印书馆出版的《郑堂读书记》下册650页《隋唐嘉话》的提要。

书前有目录，列载各卷的小题。作者在自序中指出他编这部书不谈神鬼、报应、梦卜等等，而要“纪事实，探物理，辨疑惑，示劝戒，采风俗，助谈笑”。但书中仍有像卷上的“淮水无支奇”一条记淮中水怪，“乌鬼报王稹”一条记乌鸦之鬼复仇，仍为谈怪异、言报应的故事。不过这类的故事很少，大部分内容为有关唐代人物传说、典故、风俗的种种记载，颇多可取。如卷中记文士唐衢有才学而不得志，特别善哭，每一发声，音调哀切，使闻者泣下；长沙僧怀素好草书，把弃笔埋在山下，称为笔冢；宋清卖药于长安，常常倾财急难，救人之困，都是有名的故事。“唐衢痛哭”与“怀素笔冢”，还被后人引为故实。又记李勉做开封尉时，曾经开脱一个囚犯，后来李勉罢官北去，遇到这个囚犯，反倒要害死他，有个侠客便把囚犯夫妻杀了。明冯梦龙《醒世恒言》中的“李汧公穷邸遇侠客”一回，即据此情节演绎而成。

《唐国史补》卷下谈典制、掌故的条目较多，如“内外诸使名”一条，历叙天宝、大历以来在朝内的太清宫使、度支使等等，在外任的节度使、观察使等等设置的大略，可供研究唐代官制的参考。“叙进士科举”一条，谈到进士间的称呼以及考中后题名于慈恩寺塔、大宴于曲江亭等等，为有关科举的掌故。又如下引的两条：

宰相判四方之事，有堂案；处分百司，有堂帖；不次押名曰花押；黄敕既下，下有小异同，曰帖黄。一作押黄。　（“宰相判事目”）

宰相相呼为元老，或曰堂老。两省相呼为阁老。尚书丞、郎、郎中，相呼为曹长。外郎、御史、遗、补，相呼为院长。上可兼下，下不可兼上。唯侍御史相呼为端公。　（“台省相呼目”）

这里上一条解释宰相的两种判牍名称和花押、帖黄之含义，下一条说明台省官的互称，对我们阅读古籍、理解语词是有帮助的。另外像“叙舟楫之利”和“狮子国海舶”两条，一谈东南郡邑的航运与江湖之险，一叙外国商船的往来，为有关唐中叶运输与贸易的史料。“饮酒四字令”、“叙博长行戏”、“董叔儒博经”、“叙古樗蒲法”等条，又于古代的饮、博、樗蒲作了具体的介绍，对研究民俗有用。

开元、天宝年间，是唐代的所谓鼎盛时期，唐玄宗是早岁曾经励精图治而后来荒废政务、沉湎酒色的皇帝，为带有几分传奇性质的人物。因此有关这一阶段，这一人物的轶闻、遗事也就较多。唐人笔记如《次柳氏旧闻》、《明皇杂录》、《开天传信记》和五代人的《开元天宝遗事》等，即都专记玄宗开元、天宝间的故事。

《次柳氏旧闻》，李德裕撰，一卷。卷首有李德裕的自序，谓大和八年文宗向及上元中史臣柳芳听高力士叙述宫中故事而撰的《问高力士》一书，而书已亡佚，于是李德裕就回忆自己父亲李吉甫转述柳芳之子柳冕所说高力士谈的十七件事，写以进呈。因此后人亦称此书为《明皇十七事》。通行的为《顾氏文房小说》、《五朝小说》、《宝颜堂秘笈》、《历代小史》等本，又有《学海类编》本，多出两条故事。

李德裕自称所记是“信而有征，可为实录”的，但像记玄宗好神仙，得见仙人张果；僧人三藏咒龙求雨，吴后梦金甲神投胎等等，皆涉神异，自非实事。又如叙肃宗割羊肉，以饼拭刀，因玄宗熟视不悦，即举饼而啖之。据《隋唐嘉话》卷上所记，此为宇文士及与唐太宗事，本书叙述当出传闻之误。

不过，这书在研究玄宗时宫廷情况方面还有些价值。如记肃宗在东宫时被太平公主所忌、李林甫谗陷，玄宗初即位信任姚崇、宋璟，玄宗与诸王在花萼楼饮宴以及入蜀时不焚府库等等记载，均可供参考。

《明皇杂录》，郑处诲撰，二卷，补遗一卷。通行的为《墨海金壶》和《守山阁丛书》本。后一种本子附有校勘记与逸文，是清人钱熙祚撰辑的。

《明皇杂录》成书于宣宗大中九年，郑处诲认为《次柳氏旧闻》叙述未详，故有此作[①]。这是记载开元、天宝间轶事的笔记中内容较丰富的一部。如记玄宗华清宫里有长数十间的浴室，池内还置以银镂漆船和白香木船，连橹楫都用珠玉装饰；杨贵妃姊妹的一个犊车，也要“饰以金翠，间以珠玉。一车之费，不下数十万贯”（卷下）；天宝中诸宫在进食时“水陆珍羞数千，一盘之费，盖中人十家之产”（补遗）。当时宫廷的奢侈浪费，于此可见。又记杨国忠为相，仗势跋扈，其子杨暄举明经考试不及格，而礼部侍郎因国忠怒骂，就不敢不列之于上第（卷上）。其他又记姚崇与张说不和，病重时预教其诸子笼络张说以免祸之计；李林甫陷害李适之，并杖杀其子李霅（卷上）等等，都能反映唐代政治的黑暗和统治集团内部矛盾的尖锐。另外像天宝末年，乐工雷海清在凝碧池为安禄山所害，王维闻之，赋“万户伤心生野烟”之句；杜甫晚年沦落，因耒阳宰送牛肉白酒，饮食过多而卒（补遗），亦均出此书记载。又卷上的一条说：

① 参阅本书的钱锡祚校勘记。

玄宗御勤政楼，大张乐，罗列百伎。时教坊有王大娘者，善戴百尺竿。竿上施木山，状瀛洲、方丈，令小儿出入于其间，歌舞不辍。

这条材料，使我们可藉以考见唐代已有类似今天顶高竿的杂技表演。

《明皇杂录》中，也有荒诞不经的故事，如记张果的神异和冯绍正画龙飞去之类。又叙张九龄做宰相，为李林甫所毁谤，玄宗于秋日赐以白羽扇，九龄认为这是“秋扇见捐”之意，非常惶恐，于是作赋以献，又赋“归燕”诗赠李林甫以示自己将要退位。宋叶梦得据《曲江集》的“白羽扇赋序”内的“开元二十四年夏盛暑奉敕使大将军高力士赐宰相白羽扇，某与焉”这两句话，指出赐扇并非秋日，亦非专与九龄。可见《明皇杂录》之记载失实。

还有《太平广记》卷一百六十五“廉俭”的“卢怀慎”一条所引《明皇杂录》，叙卢怀慎为吏部尚书，而家极贫俭，病时卧于敝箦单席，门无廉箔，每风雨至，则以席蔽云云，也似乎夸张过分，溢美违真；足见记叙事实真伪掺杂，是这类笔记的通病[①]。但以唐人记当代故事，见闻所及，可取的材料仍然很多，并不因此而影响其参考价值。

《开天传信记》，郑棨撰，一卷。通行的为《百川学海》、《历代小史》、《学津讨原》等本。郑棨曾任昭宗的宰相，这书是他做吏部员外郎时所撰。自序说“搜求遗逸，期于必信”，故以“传信”为书名。

这部书记开元、天宝间的轶闻，共三十二条。其中如叙玄宗在华阴见岳神、梦游月宫，罗公远隐形、叶法善符箓等条，均涉神怪。又记玄宗游韦杜，过王琚家，谋诛韦氏，与《旧唐书·王琚传》所载，亦有出入。其可征信的材料，是不如《明皇杂录》多的。但后人谈唐代故实，往往沿用其说。如记黄幡绰嘲笑刘文树貌似猿猴，即为宋罗烨的《醉翁谈录》所采取。玄宗游月宫听仙乐，也被后人当做典故，写入诗文。另外像记裴谞为河南尹时，有妇人投状争猫儿云：“若是儿猫，即是

---

① 宋洪迈亦曾指出《明皇杂录》谈玄宗欲任张嘉贞为相而忘其名，误记为朔方节度使张齐邱一节叙述的不符事实，谓嘉贞于开元八年即做宰相，齐邱于天宝八年始为朔方节度使，相隔三十年。说详见《容斋随笔》卷三“张嘉贞”。

儿猫；若不是儿猫，即不是儿猫。”[①]这不仅显示了口语的诙谐，还说明了唐代民间已有了把“儿”当做“牝牡”之“牡”的用法。

《开元天宝遗事》，五代后周王仁裕撰，上下二卷。以分记开元天宝事，又析为上下，故《四库全书总目》著录称为四卷。通行的有《顾氏文房小说》、《历代小史》、《五朝小说》、《续百川学海》等本。书中所述皆简短之琐闻，每条均加小标题，尤以奇异物品的记载为多。像记事珠、游仙枕、辟寒犀、自暖杯、照病镜、警恶刀、龙皮扇、夜明杖等等，都不是实有之物，正和魏晋小说夸示远方珍宝之出于虚构一样。人物故事，如“步辇召学士”一条，称姚崇在开元时为翰林学士；“向火乞儿”一条，称张九龄不至杨国忠之门等等，全与事实不符，宋洪迈已指出其谬[②]。

但这书虽不免错误，尚有可采，在北宋时即已流行。如“依冰山”一条，叙述杨国忠权倾天下，而进士张彖不肯趋附，并向别人说：“尔辈以谓杨公之势，依靠如太山；以吾所

① 这四句话中第一、三两句的“儿”字，指牝牡之“牡”；第二、四两句的“儿”字，为妇人自称，意思是“我的”。

② 洪迈说见《容斋随笔》卷一“浅妄书”一条驳《开元天宝遗事》的四事。

见，乃冰山也。或皎日大明之际，则此山当误人尔。”司马光《资治通鉴》曾引此语。后称权势之不可靠为“冰山”，即本此故事。又“牵红丝娶妇”一条，叙宰相张嘉贞有五女，欲择一嫁郭元振，使五女各持红丝，隐身幔后，令元振任意牵丝，得娶其第三女[①]。这也是很有名的故事。后来遂以系红丝为结婚的代称，用作典故了。还有新进士及第，以泥金写帖子附家信内报登科之喜，其俗始于唐，亦见此书记载。

除此还有李濬撰的《松窗杂录》一卷，所记亦多为唐玄宗事，可与上述各书参看。另外像《朝野佥载》、《刘宾客嘉话录》、《因话录》、《尚书故实》等书，故事也多可取。这些书辑录的大都为盛唐、中唐的琐闻，初唐和晚唐的材料为数较少。

《朝野佥载》，旧题张鷟撰。《新唐书·艺文志》史录杂传记类著录此书为二十卷；《宋史·艺文志》传记类著录的除《朝野佥载》二十卷外，另有《佥载补遗》三卷。原书按内容分为三十五门，而今本仅六卷，逐条连写，不分门类。张鷟死于开元年间，而今本内有敬宗时事，自为后人增入。还有的

① 宋洪迈谓郭元振为睿宗时宰相，在玄宗初年即遭贬斥，死后十年，张嘉贞才做宰相。《开元天宝遗事》此条叙述亦误。

条日，即记张鹭的故事，当亦非作者自写。大约是宋人把原书和补遗摘录、合并，删去了门类的。现在通行的只有《宝颜堂秘笈》为六卷本，其他的都是一卷。

这部书虽以多记怪异琐屑之事为后人所讥，但所叙武后、玄宗时轶闻，可据为史料者也有不少。《新唐书》和《资治通鉴》述唐代故实，曾采此书。

《刘宾客嘉话录》，韦绚撰，一卷。所记为长庆元年听刘禹锡所说的故事。如《新唐书·许远传》附《雷万春传》载安史之乱时令狐潮围雍丘，张巡在城上与雷万春共语，伏弩射中万春面，而万春不动，令狐潮疑为木人，事即出于此书。

这部书通行的以《顾氏文房小说》本为较好。唐兰有《（刘宾客嘉话录）的校辑与辨伪》（载《文史》第四辑），较为详确。

《因话录》，赵璘撰，六卷。通行的有《唐宋丛书》本，仅一卷，不完全；《稗乘》本作三卷，与《稗海》的六卷本内容相同。

这部书共分宫、商、角、徵、羽五部：第一卷宫部为君，记帝王事；第二、三卷商部为臣，记公卿百官事；第四卷角部为人，记一切不做官者的事；第五卷徵部为事，多记典故；第六卷羽部为物，记见闻杂事。在唐人笔记中，《因话录》是涉及的方面较广的。如卷五谈御史台故实，极为详细；又叙高宗时改门下省为东台、中书省为西台、尚书省为文昌台，武后朝御史台有左右肃政之号等等，均可用以印证《唐书》有关官制的记载。同卷论文字偏旁的两条，释“阁下”之称的一条，亦有助于语词、典故的探讨。此外，记叙玄宗、代宗、德宗以至文宗、武宗、宣宗各朝的人物事迹，可采者尚多。文字比较浅近通俗，也是本书的一个特点。

《尚书故实》，李绰撰，一卷。所记为听张尚书叙述的故实、轶闻，故以“尚书故实”为名。通行的是《宝颜堂秘笈》本；《丛书集成》本，即据此排印。

这部书中的故事，虽亦不免涉及神怪，但足供研究文史作参考的材料却有不少。如记晋王羲之所写《兰亭序》在唐太宗死后被藏于昭陵，宋桑世昌撰《兰亭考》全录其事；记郑虔自写其诗和画合为一卷献给唐玄宗，玄宗大书卷尾曰“郑虔三绝”，《新唐书·郑虔传》即据此书采入。又谓《晋书》提到的食物“寒具”，乃当时所谓“馓饼”，也有益考证。此外如记晋顾长康绘《清夜游西园图》，梁周兴嗣奉武帝之命编《千字文》以及戴颙刻佛像、顾况善画等等，都被后人征引为故实。这部书尽管篇幅寥寥，可取的内容还是较多的。

在唐人笔记中，还有两部值得重视的著作，即《云溪友议》和《唐摭言》。这前一部书的大部分内容为诗话，后一部书于唐代贡举制度叙述甚详，各具特色，很有参考价值。

《云溪友议》，范摅撰。有十二卷本、三卷本和节录的一卷本，以《四部丛刊续编》的三卷本较为完善。

范摅是僖宗时人，自号五云溪人，故称其书为《云溪友议》。所记为中唐至晚唐的杂事，以叙诗人唱和与轶闻的内容占十之七八。虽然其中叙述不免有传闻失实之处，但以唐人而谈唐诗，自较后人接近；中晚唐诗人的逸诗遗事，也仗它而保存了一些，可补孟棨《本事诗》之阙。故宋计有功撰《唐诗纪事》，多以此书为据。中唐以来口语诗的流行，亦可由此书内考见一二。如卷上的“真诗解”、卷中的“辞雍氏”和卷下的“蜀僧喻”等各条中，即都有这类口语诗。《云溪友议》可以算是研究唐诗的一种重要参考书。

这部书里也有谈方术、神怪的内容。如卷下的“金仙指”一条，是宣扬佛法的故事；卷中的“玉箫化”一条，记韦皋与玉箫女的两世姻缘，是关于爱情的传奇，很有名，成为后来的小说、戏剧的题材。

《唐摭言》，五代王定保撰，十五卷。通行的以《学津讨原》和《雅雨堂丛书》本为较好；《稗海》本删削大半，内容不全。

《唐摭言》按内容分为一百零三门，以大部分篇幅叙述了唐代的科举制度以及有关的活动，其详备为史志所未有。所记其他杂事，也能反映当时文场的风气。许多名士诗人的轶闻和本集失载的零章断句，亦因《唐摭言》叙及而流传。故宋初编《太平广记》，于《唐摭言》几乎十收八九，计有功撰《唐诗纪事》，也多取资于此。这部书对考证科举沿革和研究文学史，都很有用处。因此清李慈铭虽认为王定保“识趣甚卑”、“所载多委琐”，却不能不肯定《唐摭言》的价值，指出其“为考科名者所不可少”[①]。

晚唐、五代人所撰的笔记，除前谈各书之外，还有懿宗、僖宗时人张固的《幽闲鼓吹》一卷，记宣宗朝遗事二十五则；有五代孙光宪的《北梦琐言》二十卷，记自唐至后唐、梁、蜀、江南诸国的轶闻；有五代蜀何光远的《鉴诫录》十卷，记唐五代事，以蜀事为多；有五代高彦休的《唐阙史》二卷，记晚唐琐事，而杂怪异；有五代南唐刘知远的《金华子》二卷，亦记唐末朝野故实。这些书都有一定的史料价值，可藉以了解晚唐五代的政治局势、社会面貌和统治集团的内幕等等，《资治通鉴》即多取材于此。

---

① 参阅《越缦堂读书记》下册第935页。

至于像崔令钦的《教坊记》，专记开元时的教坊制度、曲名、轶闻等；像孙棨的《北里志》，专记晚唐长安都城名妓的故事；像罗隐的《广陵妖乱志》，专记高骈晚年的迷信神仙；像刘恂的《岭表录异》，专记岭南的物产，都是只写一种内容的著述，和杂载琐闻的笔记不同，这里就不作具体介绍了。

第三节　考据辨证类的笔记

《封氏闻见记》、《苏氏演义》和《资暇集》及其他

唐代小说故事类的笔记，有的包含考证的内容，如《酉阳杂俎》；历史琐闻类的笔记，有的带着考证的性质，如《唐摭言》；但真正以考据辨证为主的笔记，还得首推《封氏闻见记》，其次像《苏氏演义》、《资暇集》、《中华古今注》、《兼明书》等，也都是这类的笔记。虽然数量不多，却能说明唐、五代人已比六朝人重视考证之学了。

《封氏闻见记》，封演撰，今本十卷。通行的为《学海类编》、《学津讨原》、《雅雨堂丛书》、《畿辅丛书》等本，以《雅雨堂丛书》本为较好，但其中亦有残阙。《丛书集成》

本即据此影印。此书还有近人赵贞信的校注本，解放后曾经中华书局重印。

《封氏闻见记》前六卷记叙掌故、考证名物；七、八两卷多记古迹，附以杂论；末二卷则专述唐代士大夫的遗事轶闻。其中以考证的部分为最有价值。如卷二“声韵”一条记唐初许敬宗等因为陆法言《切韵》把先、仙、删、山之类分用，其韵过窄，奏请合而用之，即为他书所未载。又唐颜真卿曾撰《韵海镜原》一书，今已失传；本条于其编辑经过及体例，亦有详细记载：

> ……其书于陆法言《切韵》外增出一万四千七百六十一字；先起《说文》为篆字，次作今文隶字，仍具别体为证；然后注以诸家字书；解释既毕，征九经两字以上，取其句末字编入本韵；爰及诸书，皆仿此……

这条材料可使我们知道元代阴时夫编《韵府群玉》所用“事系于字，字统于韵”的办法和明人辑《永乐大典》于单字下并列篆隶各体的形式，皆模仿《韵海镜原》。此外，如论“金鸡”之用于大赦，“石羊、石虎”之立于墓前，“露布”为不加封检而宣布之捷书，“拔河”古谓之牵钩等等，全都原原本本，叙述详明，于考证古代制度、风俗、名物很有用处。至于末两卷所记人物故事，则大多为嘉言美行。如“淳信”一条叙陆元方卖房，先告买主以无出水之处，不肯为钱而骗人；“奇政”一条叙李封为延陵令，吏人有罪，不加杖罚，只令其裹碧头巾以示辱，又具有寓意，目的在于激励薄俗。

清人对这书评价甚高。修《四库全书》的馆臣说：“唐人小说，多涉荒怪，此书独语必征实。”卢见曾称赞它：“考据该洽，论辨详明。”王士禛也很喜欢这部书[①]。我们认为《封氏闻见记》确实是值得重视的。

《苏氏演义》，苏鹗撰。原书十卷，今本仅存二卷，系清人自《永乐大典》中辑出。通行的有《艺海珠尘》和《函海》本，以《艺海珠尘》本为较好。

《苏氏演义》是一部考究经传、订正名物、解释语词、辨证讹谬的笔记。由于《永乐大典》所据之本误将晋崔豹《古今注》部分内容刻入，故今本《苏氏演义》有些条目和《古今注》相同[②]。但可取的材料，仍然不少。如卷下叙使臣所

①见《四库全书总目提要》子部杂家类四、卢见曾《封氏闻见记序》。

②详见商务印书馆排印本《古今注·中华古今注·苏氏演义》一书附录《古今注》的四部丛刊影宋本张元济跋。

持之“节”的沿革，能结合文字训诂加以解说，论述极为详明，可供研究古代名物制度作参考；卷上谈卜筮的两条，可与《易经》注疏参阅。又卷下记“千里井，不泻莝”谚语的由来，述及《玉台新咏》所载曹植代刘勋出妻王氏作诗的“千里不泻井，况及昔所奉”两句，亦较李匡乂《资暇集》所叙为详。此外像阐释“狼狈”、“滑稽”、“娄罗”、“龙钟”、“乾没”等词，也都言之成理，为后人的字书所引用。

《资暇集》，亦作《资暇录》，李匡乂撰，三卷。旧本题李济翁撰，乃因宋人避讳，故以李匡乂之字署名。现在通行的为《顾氏文房小说》、《唐宋丛书》、《墨海金壶》等本。《顾氏文房小说》本系据宋本覆刻，但也有讹误。

本书上卷，多纠正俗说之谬。如谓“行李”之“李”，除果名、地名、人姓之外，更无别义，《左传》“行李之往来”，按旧文“使”字作“岑”，“李”乃错字；汉四皓之“角里”，应读“禄里”，故荀悦《汉纪》直书作“禄里”。这上一条可与《左传》杜注解“行李”为“使人”的说法互相参校。下一条可使我们了解“角”字本有“禄”音，不应更写作“甪”。本书中卷，多论述事物的缘由，如谓“挽歌”始于春秋，“押衙”应作“押牙”，“蜀马”以成都府所出小驷得名之类，可藉以探索语源。下卷多谈物品，如记稠桑砚、李环饧、毕罗、琴甲、茶托子、书题签、席帽、承床等等，又都有益于考据。此外像“非五臣”一条，说明五臣注《文选》，尽出李善之注而反排斥李氏之非；“问马”一条，提出对《论语·乡党》的“伤人乎？不问马”一句话断句的意见，俱有新解。这部书中虽也存在一些误解、谬说，为宋人所驳，但以全书而论，还是较有价值的。

《中华古今注》，后唐马缟撰，三卷。通行的为《百川学海》、《古今逸史》、《秘书二十一种》等本。

这部书为推广增益《古今注》而作，有的内容亦和《古今注》相同。这里引《古今注》与《中华古今注》的“辟恶车”一条对照来看：

> 辟恶车，秦制也。桃弓苇矢，所以祓除不祥。（《古今注》卷上）
>
> 辟恶车，秦制也。桃弓苇矢，所以禳除不祥也。《春秋》云：“桃弓荆矢，以除其灾。”所谓辟恶也。（《中华古今注》卷上）

可见《中华古今注》是据《古今注》的内容加详了注

释，因此在使用《古今注》时，可以参阅《中华古今注》。

《兼明书》，五代丘光庭撰，今本五卷，通行的为《宝颜堂秘笈》和《真意堂三种》本。

这部书前三卷论述经史诸书，对《周易》、《尚书》、《毛诗》、《春秋》、《周礼》、《礼记》、《论语》、《孝经》、《尔雅》、《史记》、《白虎通》等书中的文字训诂、传说、故实以及风俗、名物等，都有所考辨。卷四专驳五臣的《文选注》，卷五为杂说。每条均先列旧说，后陈已见，以“明曰”二字标出。尽管有些见解，不免标新立异、武断无征，而精辟之论甚多。如卷一论《史记》误以“放勋”、“重华”、“文命”为尧、舜、禹之名，卷二论《尚书·武成》的“血流漂杵”的“杵”当为“杆”字之误，卷三论《春秋》杜预注解释“文马”为“画马为文”之非等等，全能辩驳有据、言之成理。卷四论《文选》阮籍《咏怀》诗的“昔闻东陵瓜，近在青门外”等句文意，尤为深刻，可见吕延济注之浅薄谬误。此外如卷一论三皇、五帝、社位、土牛义诸条，亦皆足资考证。只是卷五的“字书”一条内文有残阙脱落，意思不连贯了。

除去上述诸书，还有李涪的《刊误》二卷，考究典故，论辨杂事，也是值得阅读的笔记。

总的说来，唐人笔记，大部分都着重写当世的故事，具有时代特点。在小说故事类的笔记内，虽然志怪体不过是魏晋的摹仿和延续，传奇却成就很高，对后来短篇小说的发展有不小的影响；其中故事，多为后人取作小说、戏剧的题材，或据为典实。如《纪闻》的吴保安事，明冯梦龙用之编成《喻世明言》的《吴保安弃家赎友》一回；《集异记》的王维事，明王衡用之撰为《郁轮袍》杂剧；《传奇》的聂隐娘事，清尤侗用之演作《黑白卫》传奇。以《酉阳杂俎》为代表的杂俎集，汇辑小说、琐闻、杂事、考证等于一编，也给宋元以来的笔记作者开了先例。像宋沈括的《梦溪笔谈》、元陶宗仪的《辍耕录》以及清王士禛的《池北偶谈》等，实际就全是《酉阳杂俎》的流派。至于历史琐闻类的笔记，则更为研究唐代史实、典制、掌故、风习等所不可缺少的资料。宋人撰《新唐书》、编《资治通鉴》，均不能不取材于此。其编撰体例，亦为后人所因袭。如宋欧阳修撰《归田录》即自称系仿《唐国史补》。考据辨证类的笔记，尽管数量较少，而质量不低。像《封氏闻见记》和《资暇集》、《兼明书》等，不仅考辨精详，引据充实，只论内容范围的广泛，也超过前贤的著述，一切皆足为后人示范。我们可以说唐代是笔记的成熟期，一方面使小说故事类的笔记增加了文学成分，一方面使历史琐闻类的笔记增加了事实成分，另一方面又使考据辨证类的笔记走上了独立发展的路途。这三种笔记的类型，从此就大致稳定下来了。

第四章　宋代的笔记

第一节　小说故事类的笔记

志怪传奇与杂俎

《稽神录》、《夷坚志》及其他

宋代史学，较前更加昌盛；有名学者，多精史笔。官修、私撰的史籍，均颇可观；于通史的编辑，亦已有人注意。如北宋司马光《资治通鉴》之综述旧史，贯串古今；南宋袁枢《通鉴纪事本末》之以事为纲，首创新体。当时的士大夫，亦多喜辑录故事，故宋代笔记，以历史琐闻一类为最发达。明人所编《五朝小说》的序言，即曾论及宋人笔记说："唯宋则出士大夫手，非公余纂录，即林下闲谭。所述皆生平父兄师友相与谈说，或履历见闻、疑误考证；故一语一笑，想见先辈风流。其事可补正史之亡，裨掌故之阙。”这段评述是中肯的。宋人这类笔记的主要特点，即在于就见闻所及来记叙本朝的轶事和掌故，内容较为真实，减少了小说色彩，增加了史料成分。由于宋代学者并重记载与考证，所以考据辨证类的笔记，也相应发展，超越前人。只是小说故事类的笔记，不免大有逊色。因为宋代虽不排斥佛道，仍信巫鬼，而文士多崇儒术；怪异之谈，不过为魏晋的余波。传奇又偏重述古、摹古，而少写近事；与新兴的平话比，亦相形见绌。杂采琐语的一类小说，更是为数寥寥，不能独张一军。于是历史琐闻类的笔记，就更突出地被人重视了。

下列的《稽神录》、《江淮异人传》和《夷坚志》，是宋代较著名的志怪集。通过这三部书的简介，大致可以了解当时这类小说的内容。

《稽神录》，徐铉撰，六卷。通行的有《津逮秘书》、《学津讨原》等本。

这部书是徐铉入宋以前所撰，故事大都收入宋初李昉等编辑的《太平广记》。它的内容，不外为明因果、讲报应，志鬼神灵异、谈怪物变化等等。如记欧阳氏因不认其父而被雷击，庐山卖油者因以鱼膏杂于油中而遭震死，江西宋某因放鼋而其子免于风涛之害，静海军姚某以释海怪而捕鱼大获之类，都没有脱离一般志怪小说的窠臼，不过把故事全加上当时的地点和人名，以明其可信而已。

以内容论，《稽神录》言皆荒诞，不像魏晋志怪那样杂采民间传说，尚有可取；就形式言，《稽神录》文字简率，既不如魏晋志怪的叙述古朴，也不如唐传奇的描绘细腻；但宋初志怪小说的面貌、风格能藉以考见，可聊备一格。

《江淮异人录》，吴淑撰，二卷。今本系从《永乐大典》中辑出，通行的有《函海》、《知不足斋丛书》、《龙威秘书》和道藏等本。

吴淑是徐铉的女婿，撰有类书《事类赋》，可能也受到徐铉作志怪书的影响。但《江淮异人录》专叙侠客、术士、道流等所谓“异人”的故事，虽涉诡怪，却和《稽神录》之侈谈神鬼的略有不同。发展唐传奇中的异人传说而著为专书的，始于吴淑的这部《江淮异人录》。

这部书记唐人故事二条，南唐人故事二十三条。其“洪州书生”一条，叙成幼文洪州遇侠事云：

> 成幼文为洪州录事参军，所居临通衢而有窗。一日坐窗下，时雨霁泥泞，而微有路，见一小儿卖鞋，状甚贫

窭，有恶少年与儿相遇，绁鞋坠泥中，小儿哭求其价，少年叱之不与。儿曰：“吾家旦未有食，待卖鞋营食，而悉为所污。”有书生过，悯之，为偿其值。少年怒曰：“儿就我求钱，汝何预焉？”因辱骂之，生甚有愠色。成嘉其义，召之与语，大奇之，因留之宿，夜共话。成暂入内，及复出，则失书生矣。外户皆闭，求之不得，少顷复至前曰：“旦来恶子，吾不容，已断其首。”乃掷之于地。成惊曰：“此人诚忤君子，然断人之首，流血在地，岂不见累乎？”书生曰：“无苦！”乃出少药傅于头上，捽其发摩之，皆化为水。因谓成曰：“无以奉报，愿以此术授君。”成曰：“某非方外之士，不敢奉教。”书生于是长揖而去，重门皆锁闭，而失所在。

这里所写打抱不平、惩治恶少年的书生，神出鬼没，来去无踪，还能用药消化人头，已很像后出的武侠小说中飞剑腾空的侠客了。由此可见唐传奇内聂隐娘、昆仑奴等一类故事的演变。

又如书中的“耿先生”一条，叙耿谦之女能诗而通道术，于保大中被迎入宫内炼丹制药诸异事，宋马令和陆游所撰的《南唐书》都加采录，大约是当时较流行的传说，反映出南唐统治者的迷信神仙方术。

较上述两部书晚出的北宋人志怪笔记，如张君房的《乘异记》、张师正的《括异志》、毕仲询的《幕府燕闲录》等，亦皆记鬼怪、谶纬、灵应的故事。至于南宋人的这类著作，如郭彖的《睽车志》、鲁应龙的《闲窗括异志》等，也都内容相近，而时谈道士与神仙；其中卷数最多的，为《夷坚志》。还有阙名的《异闻总录》四卷，则为采辑宋人志怪诸书而成。

《夷坚志》，洪迈撰。原书共为四百二十卷，现存的不足半数。1927年商务印书馆出版的排印本《新校辑补夷坚志》，计有甲、乙、丙、丁志各二十卷，支志甲、乙、丙、丁、戊、庚、癸各十卷，三志己、辛、壬各十卷，志补二十五卷，再补一卷，为通行本中最完备的本子。其志补二十五卷，系以叶祖荣分类本为主，辅以明钞本辑成；再补一卷，则杂采诸书，而于每条之下注明出处。

洪迈学识很渊博，所撰《容斋随笔》考订辨证，颇有价值。《夷坚志》为其晚年遣兴之作。因为《列子·汤问》内有“夷坚闻而志之”一语，谓夷坚为博物之人，能记怪异，故以《夷坚志》为名。其书所辑故事，一味炫示怪异，以多为胜，不加抉择，甚为芜杂。所以和洪迈同时而稍晚的周密，

---

① 周密语见《癸辛杂识序》。

就曾批评洪迈编撰此书“贪多务得，不免妄诞”①。其丙志卷八记京师有妇人在街头行乞，无两足，只以手行，而容貌甚美，某朝士见而悦之，把她收容在家里，后经相国寺道士指出她是妖怪，乃折足鼎铛之类幻化作祟，叫士人赶快远避，于是士人仓皇逃走：

……士始怖，不谋于家，假良马尽日极行，逼暮，舍于逆旅。歇未定，道上尘起，旗帜前驱，一伟丈夫乘黑马亦诣焉，长揖而坐，指一房相对宿，略不交谈。士愈惧，闭户不敢寝。夜艾，外间疾呼曰：“君家忽值丧祸，令我持书来。”时灯火尚存，自隙窥觇，乃无足妇人，负两肉翼，翼色正青。士骇汗如雨。伟人遽撤关出，挥剑击之，妇人长啸而去。明旦，士起，见伟人，拜而谢之曰：“微尊官，吾不知死所矣，敢问公为谁？”曰：“子识我乎？乃相国寺道人也，曩固告子矣，我即子之本命神，以子平生虔心奉我，故来救护。”言讫与车马皆不见。

这个故事警戒大家不要见美色而生邪念，把鬼怪当做好人，和蒲松龄《聊斋志异》的“画皮”一则寓意相近。折足鼎铛为怪变人，设想甚奇；而宣扬祀神得佑，迷信色彩亦重。至于像丙志卷十八记林灵素祈雨一条，则意在显示道士的法术。由于宋徽宗笃信神仙，惑于道士，故南宋人笔记中，记载道教方术和被徽宗当做神仙的道士林灵素的异闻很多。《夷坚志》这条故事，正表现出当时这种迷信风气的影响。此外，如丙志卷三“杨抽马”一条，记有道术的杨望才的许多异事，为明凌濛初《二刻拍案惊奇》的“杨抽马甘请杖”一回的情节所本。丁志卷九的“太原意娘”一条，记被金人迫害而死的一个南宋妇女的传说，和宋平话“郑意娘传”内容相同，不知与平话孰为后先，这都是较有名的故事。

《夷坚志》虽为志怪之书，其中亦杂有一些现实的故事和涉及轶闻、掌故、方言、民俗、医药等等足资考证的材料。如丙志卷十三的“蓝姐”一条，记京东人王知军家的婢女蓝姐，在三十几个强盗到主家抢劫时，持烛引盗使之自取各物，却暗以烛泪遍污各盗的白布袍之背。事后据此捕盗，全数皆获，财物亦无所失。这表现一个妇女仓促应变的奇智，就是现实生活中可能有的真事。又如乙志卷十四“赵清宪”一条，记梁道人为赵挺之治病事，并云《东坡集》中的“采药壶公处处过，笑看金狄手摩挲”一诗所赠之梁道人，即指此翁[1]。这段记载，

① 苏轼《赠梁道人》诗，见《集注分类东坡诗》卷四。

恰好用为此首苏诗作注脚。还有像乙志卷十九记以香白芷一味用麦门冬汤调服、疗治蛇毒，丙志十六记以人参、当归、芎䓖、防风等药疗治痈疽，亦均不涉怪异，值得研究①。

总之，除去书中的神怪故事而外，《夷坚志》是尚有其他足取之处的。

金元好问撰有《续夷坚志》四卷，内容、体例都与《夷坚志》相近。

宋人传奇多叙往事，写隋炀帝传说的就有好几部。如托名唐颜师古撰的《大业拾遗记》（亦名《隋遗录》、《南部烟花录》）二卷，阙名的《迷楼记》一卷、《海山记》二卷，描述炀帝出生到去江都、开运河、造迷楼以至被杀等情节。又《开河记》一卷，写麻叔谋奉隋炀帝命开运河至被腰斩的始末，也有关炀帝。另外像乐史所撰的《绿珠传》一卷，写晋石崇侍婢绿珠坠楼事；《杨太真外传》二卷，写唐明皇杨贵妃入宫至马嵬缢死等事；秦醇所撰的《赵飞燕传》，写汉成帝时赵后事，亦皆采辑先代轶闻，铺叙成篇，寄托惩祸阶、示劝诫的意思。如《绿珠传》的作者即指出："今为此传，非徒述美丽，窒祸源，且欲惩戒辜恩负义之辈也。"《杨太真外

① 本节所举《夷坚志》的卷数，系据商务印书馆《丛书集成》本。

传》的末尾，也有“史臣曰”一段借题发挥的议论。还有像秦醇的《谭意歌传》、柳师尹的《王幼玉记》、阙名的《李师师传》，虽都写当时娼女，可是前两篇的情节，实取唐传奇《莺莺传》、《李娃传》与《霍小玉传》而改头换面，仅后一篇为记述近闻。至于如阙名的《王榭传》，则根据唐刘禹锡的“乌衣巷”一绝演饰而成。刘原诗云：“朱雀桥边野草花，乌衣巷口夕阳斜。旧时王谢堂前燕，飞入寻常百姓家。”王与谢，本指东晋时两大家族，此篇改作王榭，以为人名，以乌衣为燕子国号，叙王榭航海至燕子国事；又与唐传奇《南柯太守传》之记槐安国，设想相近，未脱前人窠臼。因此我们认为宋代传奇，尽管文笔尚有可观，但并无特色，只不过承袭和摹仿唐人小说而已[①]。

在宋代的笔记小说中，有的书专记一地的轶事，虽谈神怪，叙异闻，而不似一般志怪小说之芜杂，如《茅亭客话》；有的书兼载传奇文与琐事，而又和唐代的杂俎集不同，如《醉翁谈录》；有的书分门别类地杂采琐语，而辞藻掌故往往错出其中，如《清异录》。这三部书，无论就内容或形式说，都能自成类型，各具一格。

① 上述诸传奇，俱见鲁迅所编《唐宋传奇集》。

《茅亭客话》，黄休复撰，十卷。通行的为《津逮秘书》、《学津讨原》等本。清光绪《琳琅秘室丛书》本，附有胡珽的校勘记一卷、董金鉴的续校勘记一卷。

《茅亭客话》所记为自五代前后蜀至宋真宗时的蜀中异闻，没有一条他地的故事。内容多涉神怪，尤以志道家灵迹、谈炼丹服药和导引之术的条目为最多。其卷八“李吹口”一条，谓琥珀乃虎目精魄沦入地中而成，更属荒唐可笑。但书内关于蜀地的社会情况、风俗掌故以及文学、艺术等可供参考的材料，却有不少。如卷六的“悼蜀诗”一条，叙述宋太宗淳化甲午年益州人民因不堪贪官污吏的迫害而起事，遭到官军的残酷镇压，以致当地“军旅所过，皆为荆棘”。作者在诗中斥责益州官吏“蚕食生灵肌，作威恣暴虐”，指出“兵骄不可戢，杀人如戏谑”。卷七“哀亡友辞”一条，叙述宋真宗咸平庚子年神卫军卒叛据益州的经过，哀悼遇难的朋友。和上一条都是事实的记录，反映出宋初蜀地政局的混乱和人民的涂炭。又卷三的“淘沙子”一条云：

伪蜀大东市有养病院，凡乞丐贫病者皆得居之。中有携畚锸日循街坊沟渠内淘泥沙，时获碎铜铁及诸物，以给口食，人呼为淘沙子焉……

这也是涉及社会情况的叙述。淘沙子的“沙”原注云作去声，可见是作动词用，为当时俗语。此外如卷三“味江山人”一条，记青城县隐士唐求的诗句，“兰亭客序”一条记晋王羲之《兰亭序》，卷八“滕处士”一条记名画家滕昌祐事和卷十“小童处士”一条记蜀中善画的人与寺庙画壁等，全是本地的可贵的文献。因此，我们说《茅亭客话》虽属志怪小说一类的作品，还有一定的史料价值。

《醉翁谈录》，罗烨撰，分十集，每集二卷，共二十卷。现有古典文学出版社排印本。

这是一部杂载传奇小说和零星琐事的笔记，其传奇小说，大多转述旧闻或节录前人作品。如柳毅传书、裴航遇云英等，即均采自唐传奇。所记零星琐事，又全为诙谐嘲谑的游戏文章，这都没多大价值。但其中材料，亦间有可取。如甲集卷一的“小说开辟”一节，分宋话本小说为八类，就比《东京梦华录》、《都城纪胜》等书记述的清楚得多；所列当时小说名目至一百余种，亦很可宝贵。还有值得注意的是这部书内传奇小说的文字，较之《大业拾遗记》、《绿珠传》等拟古之作，已趋于浅近通俗。如甲集卷二“张氏夜奔吕星哥”一节的开头：“会稽张倅，有一男一女，男名阿麟，女名琼娘”和下文里的“我门（同‘们’）现是熟亲，情爱无间”以及“两个天生一对儿”等，实际都是白话，足见宋人传奇有的也受到了平话的影响。

《清异录》，陶谷撰。通行的有《说郛》的六卷本、《宝颜堂秘笈》、《唐宋丛书》等的四卷本和《四库全书》、《惜阴轩丛书》的二卷本。

这部书杂采唐和五代的琐语，按天文、地理以及花、果、虫、鱼、丧葬、鬼、神等分为三十七门，每条各加小标题，在下面列叙事实缘起，大致和唐人的《云仙杂记》、《开元天宝遗事》等书内容相近，尤以谈事物异名的条目为多。其“药”门录后唐天成时侯宁极戏造《药谱》改立之别名至一百九十种。如称“厚朴”为“淡伯”、“菖蒲”为“绿剑真人”、“款冬花”为“赦肺侯”、“香附子”为“抱灵居士”之类，实为一种文字游戏。其他记叙，亦大都无关史料。但后人作诗文，引用此书中辞藻、典故等却有不少。如其“文用”门的“定名笔”一条云：

> 唐世举子将入场，嗜利者争卖健毫圆锋笔，其价十倍，号定名笔。笔工每卖一枚，则录姓名，候某荣捷，则诣门求阿堵，俗呼谢笔。

这条记载虽甚琐屑，却是涉及唐代科举的掌故，为他书所未道，可供参考。

上述诸书，约分三类：第一类志怪小说，自《稽神录》、《江淮异人传》至《夷坚志》和《茅亭客话》等，都属于这一类。其中《江淮异人传》专记异人，《茅亭客话》专叙蜀事，内容较为单纯，和一般的志怪书不同。第二类传奇小说，自单篇的《大业拾遗记》、《绿珠传》等到《醉翁谈录》中的传奇文，都属于这一类。但《醉翁谈录》兼载琐事，并不只是传奇集；其传奇的文字风格，也与《绿珠传》之类有异。第三类是以《清异录》为代表的汇辑各种琐语的杂俎集，其中虽然偶有关于掌故的材料，但从总的方面说，它仍是小说而非历史琐闻类的笔记。

第二节　历史琐闻类的笔记

《涑水记闻》、《归田录》及其他

宋初人撰笔记，多叙唐五代故事。如郑文宝的《南唐近事》、张洎的《贾氏谈录》之类，都是这样。稍晚出的像钱易的《南部新书》，亦记唐五代事。仁宗以后，作者渐众，始偏重于辑录当代史料、朝廷故实。南渡的士大夫，又往往追述北宋旧闻、名臣言行，记叙汴京政局、民情风俗。这些笔记，或兼载几朝杂事，如《四朝闻见录》；或多记一类题材，如《东京梦华录》；或分类系事，如《麈史》；或多谈神怪，近于小说，如《春渚纪闻》；或叙事、论人，不免恩怨之私，如《东轩笔录》。它们的内容去取、撰次体制，时有不同；记叙的真实程度，亦存差异。

约略说来，在北宋人笔记中，有的着重记载国家大事，详确近于实录，如《涑水记闻》；有的记时事而间杂谐谈、琐语，如《归田录》；有的专录师友的言行、议论，如《师友谈记》；有的叙述范围更广一些，如《渑水燕谈录》。这些笔记的内容，虽然不免偶误，而大致可信。

《涑水记闻》，司马光撰。通行本十六卷，以《聚珍版丛书》本为较好，《丛书集成》本即据此排印。

这部书杂录宋太祖至宋神宗时故事，以有关国家大政的记载为多。各条大都注明何人所说，故曰“记闻”；其采自他书者，亦标出处于后。如卷一有数条即总记一笔云：“右皆出石介《三朝圣政录》。”其中故事，一般皆详述本末，颇近史体。如卷一记太祖用赵普之谋，削夺石守信、王审琦等人兵权；记太祖死后，宋后使内侍都知王继隆召秦王德芳，继隆竟召太宗入宫嗣位；卷二记太祖长子魏王德昭在从太宗征幽州时，因遭太宗斥责而畏惧自杀等等，全是涉及宋初宫廷的轶闻，可以看出当时统治阶级的内部矛盾。其他记载，与“正史”传闻异辞的，也足资参考。据说司马光本来打算杂采实录、国史、异闻等，撰《资治通鉴后纪》，这部《涑水记闻》就是他积累的资料。

《归田录》，欧阳修撰，二卷。通行的有《稗海》、《四库全书》、《学津讨原》、《四部丛刊》、《四部备要》等本，亦见《欧阳文忠公全集》。

这部书大约是欧阳修平日随手记叙，休官后排比成书的，故以归田为名。其述朝廷故事和士大夫轶闻，与《涑水记闻》相近，而间杂谐谈、戏谑之言。据说因书初成时，神宗索阅，欧阳修有所删除，而将此类谐谈补入，以增篇幅。如卷一记五代冯道答和凝问靴价而惹起哄堂大笑，记陈尧咨射箭与卖油叟酌油则俱缘手熟等等，就是这类的谐谈、琐语。

《归田录》中的故事，有的和《涑水记闻》内容略同。像卷一记李汉超掠民女为妾，即与《涑水记闻》卷一记张美事情节如一。又记曹彬征江南归，不自伐其功，诣阁门进牓子称“奉敕江南勾当公事回”，亦见《涑水记闻》卷三。可见两书虽皆叙近事，而不免异同，当由传说本有出入。但《归田录》里所记作者亲身经历见闻之可征信的材料，还是很多的。如卷一叙仁宗时屡次改年号的原因，卷二叙大宴时枢密使侍立殿上等有关宋代的典制，均足补史阙。

《师友谈记》，李廌撰，一卷。通行的有《百川学海》、《学津讨原》等本，以《百川学海》本为较好。

李廌与苏轼、范祖禹、黄庭坚、秦观、张耒等人交游，记其所谈而成是书，故以《师友谈记》为名，约作于元祐年间。其中材料，大都确实可据。如记苏轼中制举后，英宗欲使知制诰，宰相韩琦以为骤加擢用，适足累之，乃改授直史馆。又记元祐七年哲宗祀南郊，轼为卤簿使；皇后与大长公主等，乘犊车争道，不避仪仗，轼奏劾之。此二事，《宋史·苏轼传》均采入。前一件事，是李廌听苏轼自述的。此外如记范祖禹讲《礼·王制》巡狩望之礼，谓封禅之事乃秦汉以来附会，非古巡狩省方之义；记张耒谈《诗经》的“惟士与女，伊其相谑，赠之以芍药”之赠芍，乃以芳香为好之义；记秦观论作考试应制的赋，不用好文章，只以智巧饤饾为偶俪而已，都有独到的看法。北宋名流的言论、风采以及本书作者的见解，皆可于书中阅及，唯有数条语涉神怪，是其小疵。

《渑水燕谈录》，王辟之撰，十卷。通行的《稗海》本内有残阙，且无序目，以《知不足斋丛书》本为较完整。

本书所记都是哲宗绍圣以前的杂事，按帝德、说论、名臣、知人以至杂录、谈谑等分为十七门，内容范围比上述三书广泛。卷首有绍圣二年的作者自序，谓将归渑水旧庐，与田夫樵叟闲燕而谈说，书名即取义于此。

《渑水燕谈录》叙述北宋的轶闻、掌故，颇多可采。于富弼、韩琦、司马光、范仲淹、欧阳修、田锡等文臣和曹彬、王德用等武将事迹，均屡道及。如卷二谓欧阳修使辽，辽主每择贵臣有学者押宴，以示敬重；王德用为契丹所畏，常呼其名以惊小儿等等，虽意在颂扬，而不违真实。又记太祖讨平诸国，收其府藏贮之别府，称为封桩库，亦可与《宋史·食货志》卷下一所记相参校。另外像记官制、贡举、谈歌咏、书画等材料，均有参考价值。如卷八记柳永藉内官献“醉蓬莱”词，仁宗以其首有“渐”字而不悦，又不喜其“太液波翻”之句，遂屏斥不用。后来谈柳永故事的，即多举此。

除去这四部书外，北宋人的笔记如王君玉的《国老谈苑》记太祖、太宗、真宗三朝杂事，范镇的《东斋记事》多叙蜀事，张耒的《明道杂志》多述黄州事及论诗文之语，范公偁的《过庭录》记北宋士大夫轶闻与其先人事，有苏轼集外之文，孔平仲的《孔氏谈苑》杂述宋时故事与前代掌故、琐语，王晖的《道山清话》多记苏轼、黄庭坚、张耒、秦观诸人言论，彭乘的《墨客挥犀》辑录宋代的轶事以及诗话、文评，都是较著名之作。这些书中虽难免传闻失实之处，可信者也不少。其他像释文莹的《湘山野录》和《玉壶清话》（亦名《玉壶野史》），亦足资考证五代和宋初的故事。《玉壶清话》内，还保存了一部分宋人的诗文。

其他如朱弁的《曲洧旧闻》、邵伯温的《闻见前录》，均成书于南宋初年；追述北宋故事，也大都信实。至于邵伯温子邵博的《闻见后录》，则虽亦辑北宋轶闻，而参以经义诗话，论古事者尤多，内容不免芜杂。南宋人的笔记，还是以记叙南渡以来朝政得失与士大夫言行的为最可取。因为以时人叙时事，就耳目见闻所及，辑录较便，以讹传讹的可能较小。于一件事的始末细节，往往述说甚详，为史传所不载；就事论人，亦时能中肯。像《挥麈录》、《四朝闻见录》、《桯史》、《老学庵笔记》、《齐东野语》、《癸辛杂识》等书，在这方面都有一定的价值。

《挥麈录》，王明清撰，前录四卷，后录十一卷、三录三卷、余话二卷，为在三十余年内先后完成。旧有《百川学海》本较好，唯误题作者名为杨万里。现有中华书局排印标点本，重经校勘，比旧本完善。

这部书真实而具体地叙述了北宋末、南宋初的许多史事，在当时就受到重视并被人采用。其中如记宋徽宗迷信道士，大兴土木之功来修“艮岳”（后录卷二）。蔡京建宅钱塘，极为壮丽，宣和末金兵入侵，他从汴梁把珍宝都运往钱塘宅中（余话卷二）。而高俅则因为善于蹴鞠，得到徽宗的优宠，官至使相（后录卷七）。这都足以说明统治阶级的残酷剥削老百姓和朝政的腐败。其他如记明州刘洪道的军队，不去抗金，反倒乘乱剽掠州人（后录卷九），又反映出南宋高级将领纵敌殃民的罪恶。书内对大权奸秦桧的奸邪丑恶，有许多材料加以揭露；对坚持抗敌的英雄、烈士，则备致赞扬。如载作者之父王铚所写赵立传，记楚州镇抚使赵立以孤军抗金，壮烈牺牲，临死犹以“不能与国灭贼”为恨（后录卷九）；如记太原总管王禀，坚守危城，决不投降，最后赴火而死（三录卷二），不仅表现了爱国者的忠勇，也显示了作者的正义感。另外像胡铨的请斩秦桧、王伦的那篇激昂慷慨的上高宗封事，是被朱熹称为“中兴奏议第一”的好文章，此书全文录入（后录卷十），亦可见其倾向性。

《四朝闻见录》，叶绍翁撰，五卷。通行的为《知不足斋丛书》本，有附录一卷，与本书内容无关。

本书分甲乙丙丁戊五集，记叙南宋高宗、孝宗、光宗、宁宗四朝轶事，每条皆有标题，多关史料，述韩侂胄事尤详。由宁宗嗣立，韩以传诏定策功得幸至兴庆元党禁以及势败被诛等，记叙均颇具体。丙集“虎符”一条，记诛韩经过，首尾备具，谓由夏震遣其部下拦截韩车于六部桥，以铁鞭击韩死，并云当时定计甚疏，事几不成。他书所述，皆无此详尽。《宋史·韩侂胄传》采此书情节甚多。如谓侂胄凿山为园，下瞰宗庙及所宠幸四夫人事，即出此书戊集。

此外，《四朝闻见录》所记涉及南宋朝政、典制的材料，还多有足采，这部书是考南宋事所不可缺的。

《桯史》，岳珂撰，十五卷。通行的有《稗海》、《津逮秘书》、《学津讨原》等本。以《学津讨原》本为较好，有附录一卷。

这部书记叙的南北宋故事，多可补史传之不详。述宋金和战、交涉诸条，如“刘观堂读赦诗”、“开禧北征”、“二将失律”等，皆属实录。其卷四“乾道受书礼”一条，记孝宗时与金人通使受书的卑屈辱国，极为详细；又叙优伶讽刺秦桧及桧死讯传来，闻者欢声如雷，亦能反映时人对这个卖国贼的憎恨。书中所记诗词，如金主完颜亮的绝句、律诗、鹊桥仙、喜迁莺词等，足以显示其人之野心勃勃。其中“提兵百万西湖上，立马吴山第一峰”之句，更是这个统治者蓄意南侵的供状。此外，像记刘改之的诗词和作者与辛稼轩论词之语，均关文史，可供参考。还有卷一的“南陔脱帽”一条，叙神宗时王韶的幼子王宷的机警，也是著名的故事。明凌濛初《二刻拍案惊奇》里的“十三郎五岁朝天”一回，即据此写成。

岳珂是岳飞之孙，所著尚有《金陀萃编》、《愧郯录》等书。

《老学庵笔记》，陆游撰，十卷。通行的有《稗海》、《津逮秘书》、《学津讨原》诸本，以《学津讨原》本为较好。

书中所记南宋杂事，如谓高宗在临安，值时世艰难之际，每出犹铺沙为黄道（卷七）；卖国投敌的张邦昌死后，其家每月还得到赐钱十万（卷八）；秦桧的孙女丢了个狮子猫，立限临安府寻找，闹得民不安生（卷三）；秦桧的亲戚王某做吴县知县，任意凌侮太守（卷五）；而从秦桧门口走过的人，稍一顾视，就要受到卫士的呵斥（卷八）。南宋帝王之奢侈、昏庸和秦桧的气焰熏天，于此可见。其他如述考进士用糊名法始于真宗之时（卷五）；举人对策先写策题之制，废于庆历初年（卷六）；朝参拜舞，又增唱喏，起于政和以后（卷二）等等，均为涉及宋代掌故的材料。书中论诗之语，亦多精辟的见解。至于考当时俗语，谓“但知行好事，莫要问前程”等句，均为唐五代人诗（卷四）。田登作郡，自讳其名，人不敢言“灯”字，上元放灯时揭榜于市云：“本州依例放火三日。”（卷五）又可供研究语词作参考。“只许州官放火，不许百姓点灯”的俗语，即因田登的传说形成。

《齐东野语》二十卷，《癸辛杂识》前集、后集各一卷，续集、别集各二卷，均为周密撰。通行的《稗海》本，误将两书内容混在一起，且多阙遗。毛晋刻入《津逮秘书》，始复其旧。《学津讨原》本经过校正，大致完整。

《齐东野语》，因《孟子》有“此非君子之言，齐东野人之语也”一语而取名。周密祖居济南，后移吴兴，其书曰《齐东野语》，不仅谦称言不足信，亦示不忘本之意。书中所记以南宋的朝廷大事为多，如“绍熙内禅”述宁宗嗣位等事，与《四朝闻见录》的“宪圣拥立”、“光皇命驾北内”诸条内容略同而首尾连贯；“诛韩始末”与《四朝闻见录》的“虎符”一条记叙亦近，而云夏震自来阻截韩侂胄为小异（俱见卷三）。又记绍兴、淳熙间向金人纳岁币，秦桧收诸将兵权，岳飞行军纪律严明、秋毫无犯等等，均可据以考证史事。其他谈书画、叙琐闻的，也有助于研究艺文。像“台妓严蕊”一条，记天台营妓严蕊被朱熹系狱折磨（卷二十），即明凌濛初《二刻拍案惊奇》的“甘受刑侠女著芳名”一回故事所本。

《癸辛杂识》，因成书于杭州癸辛街而取名，内容较为琐屑，不如《齐东野语》有价值。但所载轶事、遗文，亦可资采择。

此外，像庄季裕的《鸡肋编》，张邦基的《墨庄漫录》，均为南北宋之间人作。《鸡肋编》记元祐诸人轶闻及辽宋事多可取。《墨庄漫录》录宋代杂事，间及考证；辨宋人笔记作者及论诗文之语，有参考价值。南宋人的其他笔记，如张世南的《游宦纪闻》、曾敏行的《独醒杂志》、袁褧的《枫窗小牍》、陈鹄的《西塘集耆旧续闻》、周煇的《清波杂志·别志》、王铚的《默记》、费衮的《梁谿漫志》、陈师道的《后山谈丛》、曾慥的《高斋漫录》、周密的《志雅堂杂钞》之类，虽不如《四朝闻见录》、《桯史》诸书之可采者多，也各有足供抉择的材料。研究两宋的典制、故事、诗文等等，是不应忽略这些笔记的。

在宋人笔记中，还有一些作品，叙事、论人，存有党派门户之见或个人恩怨之私，为读者所讥评。如《东轩笔录》为魏泰在元祐年间所作，由于他科举不得志，所以常常诋诃时人以泄愤。如《萍洲可谈》乃朱彧追述其父朱服见闻之书，因为朱服与苏辙不合，故此书于苏轼兄弟有贬词，而偏袒吕惠卿。如《孙公谈圃》为刘延世在绍圣初年记录孙升之语而成。孙升虽为元祐党人，而别有见解，对苏轼、程颐等不满。如《避暑录话》为蔡京的门客叶梦得所撰，故论元祐诸人，语多偏激。如《铁围山丛谈》出于蔡京之子蔡絛之手，故记蔡京事，即多粉饰之辞。但这些书虽有部分内容，言违真实；可取的材料，仍然不少，还是值得重视的。

宋初士大夫，有一些五代旧臣，熟知唐五代的故事，故所撰笔记，于此为详。如钱易的《南部新书》、郑文宝的《南唐近事》和《江南余载》，是这类笔记中较著名的作品。

钱易是五代吴越王钱倧之子，降宋，在真宗时做官。他的《南部新书》所叙大部分为唐代轶事琐语，谈掌故，记诗文，述时人言行，范围甚广，亦偶及五代事。其中有关唐以来职官、政制之设置变革的内容，足补新、旧《唐书》之阙。今本十卷，已有散佚、窜乱，以中华书局的排校、标点本为较好。

郑文宝为南唐世宦，所撰《南唐近事》一卷、《江南余载》二卷，都专记南唐轶事。这两部书中的内容，得之见闻，近于实录者不少。宋马令、陆游撰《南唐书》，皆从《南唐近事》里取材甚多。《江南余载》卷上记伶人嘲徐知训一条云：

> 徐知训在宣州，聚敛苛暴，百姓苦之。入觐侍宴，伶人戏作绿衣大面，若鬼神者；傍一人问谁何，对曰："我宣州土地神也，吾主入觐，和地皮掘来，故得至此。"

这条对南唐官吏的贪污，讽刺得相当尖锐。后人谈“刮地皮”的，多引此故事。这一类笔记之杂采琐语，间及谐谑，亦于此可见。

随着宋代商业的发达，都市的繁荣，出现了专门记叙当时都市生活与风俗习惯的笔记。如孟元老的《东京梦华录》十卷，灌圃耐得翁的《都城纪胜》一卷，西湖老人的《西湖老人繁胜录》一卷，吴自牧的《梦粱录》二十卷，周密的《武林旧事》十卷，就是这类的著作。这五部书，都出于南宋人之手。除去《东京梦华录》追述北宋都城汴梁的情况外，其他四部书全写的是南宋的临安。他们的材料，一部分采自地方志和其他杂书，一部分为作者的见闻实录。

这五部书对两宋都市的经济情况和人民物质生活与文化生活的记叙，相当详细；内容的丰富，远远超过一般地方志之类的著作。如《东京梦华录》卷一所述汴梁内外城的规模、河道桥梁的分布、宫内门户殿阁的坐落，卷二、三、四所述汴梁各街巷多种多样的商店、货摊，名目繁多的食品以及酒楼、夜市，如《梦粱录》卷七所述的杭州地理概况，如《武林旧事》卷五所述的西湖名胜，都非常具体，可藉以了解当时的社会面貌。其他有关民俗、文艺的记载，也很值得重视。如《东京梦华录》卷五“娶妇”所述由起草帖到婚后新婿至女家拜门的过程，“育子”所述孕妇临产的一月由娘家送衣物“催生”到来年小孩生日做“周晬”的种种讲究，显示了古代的繁文缛节，可据以考证古今风俗的演变。《东京梦华录》卷五的“京瓦伎艺”，《都城纪胜》的“瓦舍众伎”，《西湖老人繁胜录》的“瓦市”，《梦粱录》卷十九的“瓦舍”和卷二十的“百戏伎艺”等条所述讲唱文学和杂技的项目、演员人名、演出场所等等，又为研究文学史的宝贵材料。兹摘引“百戏伎艺”的部分文字如下：

> 百戏踢弄家，每于明堂郊祀年分、丽正门外宣赦时，用此等人，立金鸡竿。承应上竿抢金鸡。兼之百戏，能打筋斗、踢拳、踏跷、上索、打交辊、脱索、索上担水、索上走装神鬼、舞判官、斫刀蛮牌、过刀门、过圈子等……凡傀儡、敷演烟粉、灵怪、铁骑、公案、史书历代君臣将相故事话本，或讲史，或作杂剧，或如崖词……更有弄影戏者，元汴京初以素纸雕簇。自后人巧工精，以羊皮雕形，用以彩色妆饰，不致损坏……

这条所记杂技名称至数十种，还有踢瓶、弄碗、花鼓、弄熊、藏人、烧火、吃针等等项目，已包括戏法和驯兽在内。其傀儡戏，又分悬线傀儡、杖头傀儡、水傀儡三类。宋代杂技之兴盛，可见一斑。

此外，这些笔记中谈到宋代宫廷生活与典礼、仪制的内容，亦多为他书所不详。如《东京梦华录》卷六、七所记皇帝出行的仪制、看百戏的情景，即为从《宋史·礼志》内找不到的材料。因为“礼志”一类的著作，只叙典礼之大端，是不载这样的细节的。

1956年上海古典文学出版社印行的《东京梦华录》（外四种），汇辑这五部笔记于一册，并加标点，甚便参阅。1959年商务印书馆出版的邓之诚注《东京梦华录注》，对研究这部书的内容很有帮助。又金盈之所撰《新编醉翁谈录》，亦叙及汴梁四时风俗，可与《东京梦华录》等书合看。这部书也有古典文学出版社的排印标点本。

宋人笔记，于叙述故事之外，多间杂诗论、文评。其中某些笔记，更偏重于这类内容的记载，或即以此见长。如《侯鲭录》、《鹤林玉露》等，就是这样。

《侯鲭录》，赵令畤撰，八卷。取汉娄护合制五侯鲭的典故，作为书名，以示其为杂俎一类。通行的有《稗海》和《知不足斋丛书》本。

这部书所记故实，习见者多，且不免沿误。有些条目，采自唐宋人笔记，如《封氏闻见记》、《唐国史补》、《刊误》、《江邻几杂志》等。其考辨之语，亦无新异。唯谈诗文者，颇有可取。由于作者在元祐年间和苏轼、黄庭坚等交游，故所记诸人轶事、议论，多得之见闻，较为可信。如卷七述王安石语的一条：

> 荆公云：古之歌者，皆先有词，后有声，故曰："诗言志，歌永言。"声依永，律和声。如今先撰腔子，后填词，却是永依声也。

这里论诗与乐的关系，以为当时之按谱填词，不合于"诗言志"的先咏后声，说明王安石对于填词，另有一种见解。此外，像卷四记苏轼在韩子华家即席赋诗，因子华的舞姬鲁生为游蜂所螫，故有"窗摇细浪鱼吹日，舞罢花枝蜂绕衣"之语，上句记"鲁"姓，下句言蜂螫事。这里虽叙一时谈笑，却可为苏诗作注脚。其他如卷二记黄庭坚之父黄庶的"怪石"绝句"山鬼水怪著薜荔，天禄辟邪眠碧苔"，语颇奇肆；记苏轼的长子苏迈少年所作"叶随流水知何处，牛带寒鸦过别村"之句，被苏轼笑为"村长官诗"。这类零章断句的辑录，亦有助于研究宋诗，考证宋人轶闻。

《鹤林玉露》，罗大经撰，十六卷。据自序云因为闲居无事，日与客清谈于鹤林之下，记录所谈成书。而杜甫诗有“清谈玉露蕃”之句，故以“鹤林玉露”为书名。通行的为《稗海》本，有补遗一卷。

这部书兼载琐闻、杂事、诗话、文评、议论颇多，记叙较少；常借事端以抒发己见，且喜采录当代理学家语。故清人谓“其书体例，在诗话、语录之间”[①]。所记宋代轶闻，如卷十五叙秦桧早年奏议及自金归宋后之为金人反间，卷八叙韩侂胄之馆客预言其将得祸，卷十二叙淳熙间起义的茶民领袖赖文政事败遁走，其部下献出之人头为伪，卷一叙金主完颜亮读柳永“望海潮”词的“有三秋桂子，十里荷花”之句，遂起南侵之意等等，均足资考证。但更有价值的，还是其中论诗的部分。如卷一谓杜甫的“日月笼中鸟，乾坤水上萍”一联，为慨叹之辞，言拘束以度日月，若鸟在笼中；漂泛于乾坤间，若萍浮水上。本是形容凄凉之意，乃翻作壮丽之语。这个说法，是相当透辟的。其他像卷八论杜诗的“迟日江山丽，春风花草香”四句的意境；论咏杨太真诗，以李商隐的“薛王沉醉寿王

① 语见《四库全书总目提要》子部杂家类五。

醒”一绝为得体，亦皆有较深刻的见解。唯其所载杂事，则未免失真。如谓杨万里不知晋有干宝，以为于宝，似即非事实。杨万里当不至孤陋寡闻若此。

除去《侯鲭录》和《鹤林玉露》这两部书外，如张端义的《贵耳集》、陈长方的《步里客谈》、释惠洪的《冷斋夜话》、吴处厚的《青箱杂记》等，亦多论诗文之语，各有长处。

宋人笔记，还有专门编辑旧文的一类，如王谠的《唐语林》、孔平仲的《续世说》，都仿《世说新语》的体例，分门别类地采录故事。《唐语林》汇辑唐人笔记五十种，便于查阅唐代轶闻；有些今已失传的唐人笔记，因此书择录而保存了部分内容。《续世说》从各史传笔记等书中采辑自南朝宋齐梁陈至隋唐五代的故事，对考证历代掌故，也有一定的用处。另外如题为苏轼撰的《东坡志林》和《仇池笔记》，亦出于后人的编辑，大约为采其杂帖与零星札记而成。《东坡志林》所记大部分为苏轼个人的生活琐事及其随笔、杂感，以议论之语为多，可据以了解苏轼的见解和风趣。见于《苏东坡文集》的《武王论》、《平王论》、《范增论》等，皆全文载入，也偶有涉及掌故的材料。这部书通行的有《稗海》本，作十二卷；有《四库全书》、《学津讨原》本，作五卷。内容不尽相同。《丛书集成》本，据《学津讨原》本排印，而附《稗海》本多出的各条于后，包括了两种本子的内容。按宋人笔记已引及此书，如袁文的《瓮牖闲评》卷七引《苏东坡志林》的徐州通判李陶之子作落花诗一条，姚宽的《西溪丛语》卷下引《东坡志林》的论谢瞻咏张子房诗“苛慝暴三伤”的《文选》五臣注之荒陋一条，均与今《稗海》本所载文字相同，足见其书在宋代即已流行，而今本亦大致尚系宋本之旧。《仇池笔记》有一卷本和二卷本两种，条目多寡小异，而大部分均见于《东坡志林》。可能两书辑录者非一时一人，故不免重复。又苏籀撰《栾城先生遗言》一卷，为追记幼时所闻其祖苏辙言论之作，琐屑如语录体；而论人、评文，多能显示苏辙的真实看法。篇幅虽少，却值得重视。其他笔记，如何薳的《春渚纪闻》、王明清的《玉照新志》之类，则轶闻、杂记与荒唐神怪的故事，几乎各占一半，更接近于小说了。

宋人笔记，于记轶闻琐事之外，大都叙及典制、故实；其中有些书，这类的材料更多一些。如《春明退朝录》、《文昌杂录》、《石林燕语》等，即均以此见长。

《春明退朝录》，宋敏求撰，二卷。成书于熙宁三年。作者因为所居在春明里，每日退朝即撰辑见闻，故以《春明退朝录》为书名。通行的有《百川学海》、《学津讨原》等本。百川本系宋刻，《丛书集成》本即据以排印。

本书所记唐宋典制，如卷中叙唐五代及宋时在京文武官朝参之制，各种官告之用纸与装潢，均极详尽。卷下叙公文的草稿，凡中书省的叫做“草”，枢密院的叫做“底”，三司的叫做“检”，亦足供研究古代名物之参考。其他像卷上叙宋代诸王、公主和大臣的谥号与礼部员外郎掌管销毁诸州府送回的废印等，虽甚琐屑，也可广见闻。又卷下叙宋太宗时命诸儒臣所编的书，除去《太平总类》（即《太平御览》）、《文苑英华》、《太平广记》外，还有医方一千卷，叫做《神医普救总类》，则知者较少，为别的笔记所未道及。

《文昌杂录》，庞元英撰，六卷，补遗一卷。通行的有《学津讨原》、《雅雨堂丛书》等旧刻本和中华书局的排印、标点本。

宋神宗元丰年间初行新官制、朝仪，并频繁地调动官员。庞元英即在这时进入尚书省做主客郎中，就见闻所及详细地记载了这些事情。因为尚书省旧有“文昌天府”之称，故名其书为《文昌杂录》。

这部书中关于朝章、典故的材料，大都确实可靠；于元丰新制，记叙尤详。如卷三记神宗在大庆殿会朝，始用新仪，并引证旧典，即颇有参考价值。又记熙宁五年文德殿朔日视朝立仗之仪，元丰五年新建的尚书省官舍的分布以及新官制施行后的日参、望参、朔参之制等等（均见卷三），都非常详备，为考宋代典制者所依据。马端临编《文献通考》，即多从此书取资。书内涉及当时官吏升迁调动的记载，亦足为考史的旁证。

《文昌杂录》所记轶闻、琐事，也有可取。但编排无条理，不免芜杂。其中还有一些条目，如卷一的女妖孔大娘、紫姑神，卷二的赵相公庙降神，卷三的林洙鬼语等，均为荒诞神怪之谈，与史料混在一起，是很不好的。

《石林燕语》，叶梦得撰，十卷。通行的为《稗海》本。《唐宋丛书》的删节本，只有一卷。

这部书大约成于南宋初年，所记亦以谈官制的为多，叙科举故事的条目也有不少。如卷二记宋代集贤院学士、讲读官的品秩与除授，卷三记唐宋中书、门下、尚书三省职掌的变迁等等，即都有益于考证。卷二和卷四内谈元丰新官制的各条，可与《文昌杂录》相参校。此外如卷三记唐代中书制诏用纸以黄麻纸为上，黄藤纸次之，用来分辨事之轻重；如卷八记科举故事各条，也都是很好的掌故资料。其他像叙太宗时之刊淳化阁帖（卷三）以及王安石衣不浣濯、米元章见奇石下拜（卷十）等，亦常为谈宋代故事的所引述。

除去上述的三部书外，如徐度的《却埽编》、岳珂的《愧郯录》，亦多载宋代典制，有较高的历史价值。还有王得臣的《麈史》，赵与时的《宾退录》，周必大的《二老堂杂志》等，所辑此类材料，亦可参证史传。

综括本节介绍的各书来看，可以了解宋代历史琐闻类笔记的概况。这些笔记，大都兼载杂事，而重点各自不同：有的多记国家大事、政治得失，如《涑水记闻》、《挥麈录》等；有的多载典制、故实，如《春明退朝录》、《文昌杂录》等；有的多记诗话、文评，如《侯鲭录》、《鹤林玉露》等；有的多载师友言行、个人议论，如《师友谈记》、《东坡志林》等；有的专记一朝一国的事情，如《南部新书》、《南唐近事》等；有的专载都市生活、地方风俗，如《东京梦华录》、《梦粱录》等，类型甚多。虽然它们的历史价值，存在着程度上的差异；语涉神怪，也是较为普遍的缺点；但其中都有不见于“正史”的记载或比“正史”叙述真实而详备的材料，细加采择、去伪存真，全可以适当地利用。

第三节　考据辨证类的笔记

《梦溪笔谈》、《容斋随笔》、《困学纪闻》及其他

宋人笔记，多于叙事之中，间杂考辨；或于考辨之外，兼记杂事；内容、体例，并无严格区别。如北宋宋祁的《笔记》三卷，上卷“释俗”，中卷“考订”，辨正名物音训以及文章史事；下卷“杂说”，则为语录、随感之类，无关考证。北宋沈括的《梦溪笔谈》，记事与考证并著，本为“丛著”性质，而辨正多精，故可列入考据一类。到了南宋，随着考据辨证之学的兴盛，这类笔记的内容才渐趋单纯。如王应麟《困学纪闻》之论经史诗文，程大昌《演繁露》之考名物、典故，都较为专门。但以考辨为主而杂采琐事的笔记仍有不少，这里先介绍《梦溪笔谈》、《容斋随笔》、《困学纪闻》这三部价值高、作用大的著述，后及其他，大致说明一下宋代考据辨证类笔记的概况。

《梦溪笔谈》，为沈括晚年所撰。今本计笔谈二十六卷，补笔谈二卷，续笔谈一卷。通行的《稗海》、《津逮秘书》、《学津讨原》、《四部丛刊》等本，唯《稗海》有续

补。今人胡道静曾加校注，于1956年由上海出版公司出版。

沈括学识渊博，熟悉当代的掌故，对文学、艺术、科学、技术、历史等等，无不通晓，故《梦溪笔谈》的内容范围，在宋人笔记中最为广泛。全书共分故事、辨证、乐律、象数、人事、官政、权智以至杂志、药议等十七门，分类系事；各方面的材料，都相当丰富。如“技艺”门记宋仁宗庆历时毕昇创造活版印刷的详细情况，就是很有价值的文献。“辨证”门谈韩退之（愈）画像的一条云：

> 世人画韩退之，小面而美髯，著纱帽，此乃江南韩熙载耳。尚有当时所画，题志甚明。熙载谥文靖，江南人谓之韩文公，因此遂谬以为退之。退之肥而寡髯。元丰中以退之从享文宣王庙，郡县所画，皆是熙载。后世不复可辩，退之遂为熙载矣[①]。

这条辨证，使我们了解在北宋即已产生而沿袭下来的一种错误：把五代韩熙载的写真当做了唐代韩愈的画像。其记“解州盐泽”一条，谓浊水混入卤中，则淤淀卤脉，不能成盐，又

① 参阅胡道静《梦溪笔谈校证》上册第191—192页的考证。

是一种科学的说明。书中谈及天文、历法、算术、气象、医学、音乐、书画、考古等等的条目，亦时有精当的见解与宝贵的记录，可供多方面的参考。

虽然《梦溪笔谈》也不免间杂神怪之谈，如“神奇”、“异事”两门所载的一些故事；但以整体而论，它的学术价值是远远超过一般笔记的。

《容斋随笔》，洪迈撰。计随笔、续笔、三笔、四笔各十六卷，五笔十卷，共七十四卷。通行的有《洪氏晦木斋丛书》、《四部丛刊续编》、商务印书馆的排印本等，上海古籍出版社有标点本。

洪迈在南宋，以渊博著名，尤长于史学，故《容斋随笔》虽兼载经史典故、诸子百家之言以及诗文语词等等，而以关于史事者为最可采。所考宋代朝章典制，多史传不详的材料。如随笔卷十二“元丰官制”、三笔卷五“枢密名称更易”、四笔卷二“文潞公奏除改官制”等谈官制沿革变迁的条目，可与《文昌杂录》、《愧郯录》等书相参校。随笔卷九“高科得人”、续笔卷十三“科举恩数”等条述宋代进士甲科授官之制，五笔卷四“近世文物之殊”述南渡以来典制风习之变，皆具参考价值。书中对唐人笔记叙事之误，也有所考辨。如随笔卷一“浅妄书”之驳《开元天宝遗事》，卷三“张嘉贞”之驳《明皇杂录》，都能详核人物的年月、事迹，以校正传闻之讹[①]。又随笔卷四“野史不可信”指出《东轩笔录》与《梦溪笔谈》叙述的失实，卷八“谈丛失实”说明《后山谈丛》记载之违真，则于当代故事详加辨析，确切有据。其他如“隔是”（随笔卷二）、“宁馨阿堵”（随笔卷四）、“羌庆同音”（随笔卷七）、“夫兄为公”（三笔卷十四）等条之释语词，“兔葵燕麦”（三笔卷三）、“过所”（四笔卷十）等条之释名物，亦可显示本书考证之详明。

《困学纪闻》，王应麟撰，二十卷。清阎若璩、何焯、全祖望曾作校笺，翁元圻曾作注，张嘉禄又作补注，赵敬襄亦撰有参注。通行的《四部备要》本，即翁元圻注本。

这部书是作者的读书杂记，大约成于入元以后。计有讲经书的八卷，谈天道地理和诸子的二卷，考订史事的六卷，评论诗文的三卷，杂识一卷。其中以考订史事的部分为最精。如卷六“左氏”的一条，引《左传》隐公九年“平地尺为大雪”的传文和《春秋》桓公八年“冬十月雨雪”的经文，驳《文选·雪赋》吕向注谓隐公之时大雪为丰年和桓公之时大雪平地广一丈的说法之没有根据；卷十一“史记正误”的一条，

① 参阅本书第三章第二节谈《开元天宝遗事》与《明皇杂录》的部分。

引《左传》僖公十五年的孔颖达疏，驳司马迁的“晋世家”谓申生母为齐桓公女、夷吾母是重耳母的女弟之不符事实，皆为前人所未谈及。卷三“诗”的一条，指出沈括引《后汉书·朱浮传》之误，亦足见王应麟的熟习史书。卷十五“考史”记宋仁宗时制科十五人的姓名，卷二十“杂识”考宋敏求所住的春明坊、晁公武所住的昭德坊，有关宋代掌故，亦值得参考。

《困学纪闻》对诗文的评述，辑录前人议论不少；作者自己的见解，也时有新异。其“杂识”引殷芸《小说》谓蔡谟在洛阳见陆机、陆云兄弟住三间瓦屋，而不知此事已载《世说新语·赏誉》，则说明了王应麟于小说并不太熟。书中其他考证，亦不免偶疏。但以全稿而论，还是精当者多。上面谈到的清人各家笺注，都可为研读本书之助。

其他笔记，还有不少着重考辨经子史传诗文等等的著作。如朱翌的《猗觉寮杂记》、孙奕的《履斋示儿编》、张淏的《云谷杂记》、程大昌的《考古编》、沈作喆的《寓简》、袁文的《瓮牖闲评》、戴埴的《鼠璞》等，都以这方面的材料为多，各有长处。其中讲求文字训诂，内容较为充实的，当推《学林》一书。

《学林》，王观国撰，十卷。亦称《学林新编》，在宋代兼用二名，今本无“新编”二字。通行的为《湖海楼丛书》、《聚珍版丛书》、《丛书集成》等本，近人孙文昱撰有考证一卷。

这部书专门考辨六经史传以及其他书中的文字形音义，多罗列诸家的解说，参校异同，加以订正；附及语词，兼释名物。如辨“敕”、“勅”、“勑”等字，指出“勑”只有“来”、“赉”二音；“弈”为围棋，“奕”训大、训美，而通俗混用（卷九）。可见作者辨析文字相当谨严。其他如谈沈括论杜诗之拘泥，谈双声叠韵的分别（卷八），亦甚精到。还有解释名物的，如谓琥珀乃松脂凝结入地而成，驳斥了琥珀生于地中、龙血入地为琥珀等谬说（卷七），也表现了作者的见识通达。

着重考证名物、解说典故的笔记，以《演繁露》和《朝野类要》二书较有代表性。

《演繁露》，程大昌撰。正编十六卷，续编六卷，为摹拟汉董仲舒《春秋繁露》之作，援引很博，考证多详明可取。如卷九“鞠”，有关古代蹋皮毬的记述；卷十五“不托”，有关古代汤饼的考辨，都能使人对事物得到具体的了解。卷十三的“蹛柳”一条，根据《汉书·匈奴传》注谓古时鲜卑秋日祭天，在没有林木的地方，即植立柳枝，令众骑驰绕；指出宋代阅兵，于毬场环插柳枝，命军士驰马射之，即其遗意。这又探索了一种风习的渊源，可供研究历史作参考。

《朝野类要》，赵升撰，五卷。征引涉及朝廷典制的故事，分为二十类，按类排比材料，每条各标小题，一一证释。宋代公牍文字和士大夫的一些习用的语词，有许多是我们不懂的。看了这书的解说，就可以明白。如卷二的“举业”门谓“天下士人，不限有无学籍，皆得赴试本经一场，中者入上庠”，这叫做“混补”；卷三“入仕”门谓“后妃亲属该恩得官者”，叫做“捧香恩例”；卷四“法令”门谓“刑部定法断狱奏呈”，叫做“进拟”等等，都能帮助我们了解史事。其他如卷四“文书”门释“诏书”、“制书”、“手诏”、“御札”等的区别，说明“白麻”、“堂劄”、“白劄子”等的含义，也很清楚。这部书是可以当做词典来查阅的。

除去上述诸书而外，如黄朝英的《靖康缃素杂记》、孔平仲的《珩璜新论》、陈善的《扪虱新话》、吴曾的《能改斋漫录》和《辨误录》、王楙的《野客丛书》、高似孙的《纬略》、赵彦卫的《云麓漫钞》、马永卿的《懒真子》、姚宽的《西溪丛语》等书，亦全于考证方面，有可取之处。其中吴曾尤以擅长杂学著名，他的《能改斋漫录》，征引甚为广博。但这类笔记，不论是哪一部，考据辨证，都不免于疏漏、错误。因此诸书的作者，常常采摘一二为例，以指斥他人之短。如洪迈、赵与时、王观国、王楙等人，即都曾辩驳《能改斋漫录》之失。可是一部笔记的价值如何，应以整体而论；执其部分疏舛，就以为全书皆不足取，是不对的。

总起来说，宋代小说故事一类的笔记，志怪未脱前人窠臼，传奇只是铺陈古事，都缺乏时代特色。洪迈的《夷坚志》一味贪多，甚至把《太平广记》内的旧文录入凑数，未免芜杂。虽然所载轶闻、琐事，间有可采，但以小说而论，成就究竟不高。历史琐闻的笔记，则空前兴盛，佳作甚多；保存宋代各方面的史料，极为丰富。不仅元人修《宋史》，曾从此取材，即宋人也很重视这些笔记。如南宋李心传编《建炎以来系年要录》，就择取了王明清《挥麈录》的不少内容。考据辨证类的笔记，从著如《梦溪笔谈》，记载、解说多可宝贵，常为后人所征引。讲经史、训诂等的读书笔记如《容斋随笔》、《困学纪闻》、《学林》，也有一定的学术价值，为明清札记的作者提供了范例。我们可以说，宋代笔记的承先启后之功是不小的。

第五章　金元的笔记

第一节　小说故事类的笔记

《续夷坚志》、《诚斋杂记》、《琅嬛记》及其他

辽金元之间，战乱频仍，干戈扰攘，经济文化大受摧残，人民备尝颠沛流离之苦。元统一全国后，虽集宋、辽、金三朝遗书于大都，收藏之富，不逊前代；但并未能偃武修文，安定民生。除去戏曲一类，由于多方面的原因，特别兴盛，有辉煌成就外，整个文坛似处于衰惫的状态之中。可是在这样条件下，辽、金、元以经术、文学以及其他学术著称的，依然不乏其人，各类著作，都有可观。根据清人所辑《辽金元艺文志》来看，即能了解这一点。尽管作品的种类、数量，不及唐宋；而对中国文化的发展，还是做出了一定的贡

献。就笔记而言，因为宋、辽、金遗老之入元的，往往隐居不仕，以著作自娱，多喜结合自身经历，追述前朝轶闻或记录当时杂事，所以琐记随笔一类，数量较多，颇饶史料。摹仿《世说新语》的小说，已无可称述；搜神志怪之类，亦寥寥可数。小说故事类笔记，只有追步《夷坚志》和杂采诸书琐事的几部，兹举《续夷坚志》、《诚斋杂记》、《琅嬛记》等，以概其余。

《续夷坚志》，金元好问撰。清《四库全书》本作二卷，商务印书馆《丛书集成》本，系据《得月簃丛书》本排印，分四卷，各卷每条皆标小题。前列清嘉庆戊辰余集序、道光庚寅荣誉序及元王东录附之《金史》元好问本传，后附元宋无、呰窳叟、石岩、孙道明跋语各一则，吴道辅五律一首。原书有好问自序，今佚。

元好问是金元间的大诗人，仕金不得志，入元以后，隐居著述，死于元宪宗时。《续夷坚志》为其晚年所作，内容和体例都仿宋洪迈《夷坚志》。自魏晋以来，文人多喜志怪搜奇，成为一种风气；好问虽以诗名，亦未能免俗而撰是书。从书内一些故事中，可以看出魏晋南北朝志怪小说的影响。如“京娘墓”一条，叙王元老与夭亡的少女杨京娘鬼魂的遇合，是《列异传》、《搜神记》内一些幽婚故事的摹拟。“张童入冥”一条，叙张氏小童死后还魂，其父即不再以捕鹑为业，携儿入寺供佛；“天魔祟”一条，叙某妇为天魔所祟，因发愿不食牛肉，立即魔去身安。是《宣验记》、《冥祥记》内宣扬信佛戒杀故事的老套。“产龙”一条，叙某村老妇，怀孕六年，产生一龙，是历来笔记小说中常见的一类怪异之谈。“郑叟犯土禁”一条，叙郑二翁因兴建动土，触犯太岁，而一家死亡多人；则为迷信堪舆风水的反映，为早期的志怪书中所未有（以上故事俱见卷一）。

《四库提要》说《续夷坚志》“所记皆金泰和贞祐间神怪之事”，其实书中故事本身并不能表现什么时代特点，把它们移入他书，也未尝不可。但自唐宋以来的笔记，叙神怪事，即多具年月时地，注明传说来源，以示其事之实有，《续夷坚志》也是如此。如前谈之“张童入冥”一条末尾就说“赵长官亲见之”。

不过书中也有一些故事，能在一定程度上反映当时的社会现实，或寓劝惩，或示褒贬。兹摘引“王增寿外力”、“玉食之祸”、“范元质决牛讼”三条如下：

> 秀容东南双堡王增寿，号为外力，善角觝，人莫能敌。太和末，官括驼，增寿作诡计，钉（去声）驼足令

跛，自羊头村背负驼至代州，州守信以为然，增寿复负之而归。樊帅说。

燕人刘伯鱼，以赀雄大定间，性资豪侈，非珍膳不下筯。间舍数百人，悉召尚食诸人居之，且时有赒赡，问知肉食之品，或一二效之。既老而病，财且削，郁郁以死。十数年后，两儿行丐于市。玉食之祸，耳目所见，不知其几人，聊记此耳。二事亦司农云。

范元质令平舆，函头村彭李家兄弟皆豪于财。彭李三水牯生一犊，数日死，弃水中。邻张氏水牯亦生一犊，李三为牧儿所诱，窃张犊去，令其家水牯乳之。张家挞之，遂告张曰："李家犊死水中，今所乳君家犊也，君告官，我往证。"张愬之官，元质曰："此不难。"命汲新水两盆刺两牛耳尖血沥水中，二血殊不相入。又提犊子亦刺之，犊血沥水上，随与张牛血相入而凝，即以犊归张氏，县称神明。元质名天保，磁州人。进士赵公祥亲见。

大力士王增寿用计把自己的骆驼弄瘸，背至代州，骗了州守，以避免官府的搜括，表现出当时人民机智地对统治阶级进行反抗。刘伯鱼平素奢侈浪费，老来贫病而死，后人沦为乞丐，乃"事所必至，理有固然"，并不是什么因果报应。作者藉以劝诫世人，用意甚明。范元质能很好地判别是非，处理窃犊之事，显示了一个地方官应有的明察，和后来公案小说中所写的清官相似。故作者笔下，亦予颂扬。这些故事都有一定的现实意义。此外，书中所记医方，如用芦菔汁治烟火熏死，用苍耳、瓜蒌等治背疽恶疮（卷二“救熏死”、“背疽方二”），用茯苓、石膏、龙骨等揩牙以固齿（卷三“揩牙方”）等等，也可供参考。

元宋无的跋语说这部书“恶善惩劝，纤细必录，可以知风俗而见人心”，认为它的成就超过了《夷坚志》；清余集的序亦谓此书“非弔诡之卮言，实机祥之外乘”，认为它有深微的寄托，反映了“天人相应”之理。实际它和《夷坚志》不过是伯仲之间，并无新异，随手记录，也没有什么文采可言，不能与遗山之诗相比。但金元之际，此类笔记极少，故论者多首先举述及之。

《诚斋杂记》，元林坤撰，二卷。坤字载卿，颜所居曰诚斋，故书称《诚斋杂记》。有《津逮秘书》、《说库》等本，《说郛》（宛委山堂本）作一卷。因书前有永嘉周达观序，故清人所辑《元艺文志》或误题此书为周达观撰[①]。

---

① 见商务印书馆排印本《辽金元艺文志》一书中《元艺文志》第48页。

《诚斋杂记》采择各种小说、笔记中的故事，而皆不注出处，排列不分时代次第，亦无类别归纳，内容不免芜杂；且多割裂原文，粗陈梗概，往往支离破碎，不成片段。如卷上的“吴王夫差小女名紫玉”一条，“弦超梦神女从之，自称天上玉女”一条，皆采自晋干宝《搜神记》；卷下的“南徐一士子从华山畿往云阳”一条，乃南朝乐府《华山畿》故事，采自《乐府诗集》四十六卷所引《古今乐录》；“王播客扬州木兰寺，僧厌苦之，饭后击钟”一条，采自五代王定保《唐摭言》，可见其书之汇录杂钞，并非自撰。又卷上的“燕太子丹质于秦”一条，采自汉人小说《燕丹子》，其后又有“荆轲之燕太子东宫，临池而观”一条，同出前书，而分列两处；卷下的“李靖以布衣谒杨司空”、“李靖与张氏乘马而去”都是唐杜光庭《虬髯客传》中的情节，亦分两条，文意不相连贯；崔生遇红绡，得昆仑奴磨勒援助事，采自唐裴铏《传奇》的“昆仑奴”，竟分列五段，且在第二段后隔以“孔明征孟获”、“楚会诸侯”两条，更不成章法。这又说明了此书在辑录时既漫无准则，刊行时复未加整理，是以凌乱不堪。

《诚斋杂记》所辑古代以至唐宋小说，占全书十之九，金元轶事，不过寥寥几条，且亦引自他书。如卷上记金元遗山妹为女冠，张平章欲娶之，妹赋诗以拒及记元初道士天庆观主聂碧窗哀被虏妇七绝一首，俱见蒋子正《山房随笔》，前一条文字大致相同，后一条则《山房随笔》所记加详，录聂诗多一律二绝。蒋子正为宋末元初人，其书较早出，《诚斋杂记》当即据以摘录。不过元代这类笔记很少，《诚斋杂记》尚能独具一格，所以后出诸书时引述及之。如元伊世珍的《琅嬛记》，即从其中转录了一些故事。明毛晋认为《诚斋杂记》的内容“新异可喜，绝无腐气，颇似《太平广记》”而付梓印行，可见明人还是重视这部书的①。

《琅嬛记》，旧题元伊世珍撰，三卷。有《津逮秘书》、《学津讨原》等本。《说郛》（宛委山房本）作一卷。

这是一部汇辑诸书异闻琐事的小说类笔记，每条后面均附注所引书名。其所引书有《元观手钞》、《诚斋杂记》、《谢氏诗源》、《采兰杂志》、《禅林实语》、《真率斋笔记》、《修真录》、《成都旧事》、《博物志余》、《致虚阁杂俎》、《元虚子仙志》、《元元子》、《元虚子》、《贾子说林》、《元散堂诗话》、《志奇》、《文苑真珠》、《青棠集》、《文粹拾遗》、《胶葛》、《卧游记》、《二酉余谈》、《丹青记》、《续古今

① 毛晋语见《说库》本《诚斋杂记》后附的毛晋跋。

注》、《净土节要》、《魏生禁杀录》、《上池编》、《林下诗谈》、《子真杂抄》、《虚楼续本事诗》、《林下词谈》、《安养记》、《下黄私记》、《姚鷟尺牍》、《续儆告》、《续列仙传》、《妙观雅言》、《修竹阁女训》、《子真古镜记》、《梅桥先生藏方》、《余皇日疏》、《江湖纪闻》、《金刚钻》、《子真画谱》、《实庵纪闻》、《金刚镇》共四十六种，引《采兰杂志》、《诚斋杂记》、《致虚阁杂俎》等条目尤多。

本书开头载晋张华为建安从事，遇仙人引至石室，内多奇书，问其地，曰琅嬛福地。华后著《博物志》，即多琅嬛所得云云。《琅嬛记》书名，即取此意。本条末注“元观手钞”，不知为何书。晋代传说，竟仅见于元人此记，前此无人道及，不免可疑；且所引其他诸书，亦大都不见著录，真伪难辨，作者托名杜撰的，恐不在少数。

《琅嬛记》这部书，《四库提要》谓“钱希言《戏瑕》以为明桑怿所伪托”，查明钱希言《戏瑕》卷三“赝籍”一条云：“《琅嬛记》传是余邑桑民怿（悦）所藏，祝希哲（允明）窃之，第无核据。考之二公集中，初未尝用《琅嬛》语。

后此而作者，有《缉柳编》、《女红余志》诸书五六种，并是赝籍，不知何人缔构，顾多俊事致谈，书类胜国，要或近时好事者为之耳。”[①]《戏瑕》这段话很清楚，只是指出《琅嬛记》有桑悦所藏、祝允明所窃的一种传说，并无确证，《四库提要》竟据此谓钱希言以为伪托，且误以宋桑怿为明桑悦，张冠李戴，粗疏可笑！

《琅嬛记》的成书年代，虽难断定，但在明中叶即已盛行，文字内容皆能自成一格，不似明人伪托，与辗转抄袭、陈陈相因的笔记不同。兹录其卷中的三条，以见一斑：

西施举体有异香，每沐浴竟，宫人争取其水积之罂瓮，用松枝洒于帷幄，满室俱香。罂瓮中积久，下有浊滓，凝结如膏，宫人取以晒干，香逾于水，谓之沉水。制锦囊盛之，佩于宝袜。交趾蜜香树木沉者曰沉水，亦因此借名。

(《采兰杂志》)

羲之有巧石笔架，名扈班；献之有班（斑）竹笔筒，名裘钟；皆世无其匹。

① 《戏瑕》语据商务印书馆《丛书集成》本第52页引。

（《致虚阁杂俎》）

天宝十三年宫中下红雨，色若桃花，太真喜甚，命宫人各以碗杓承之，用染衣裙，天然鲜艳，惟襟上色不入处，若一马字，心甚恶之。明年七月，遂有马嵬之变，血污衣裙，与红雨无二，上甚伤之。

（《致虚阁杂俎》）

这些当然都是荒诞无稽之谈，但作为小说来看，借历史人物的一点因由，驰骋想象，铺陈渲染，也显示了淡淡的褒贬。所以后来的文人，多喜采择其中的新异之事，以入歌咏，“琅嬛福地”已被大家用为典故了。

元代小说故事类的笔记，大致不外以上三种类型。另有元吴元复《续夷坚志》二十卷（一作四卷），与元好问所撰同名，也是志怪小说。至于题为元关汉卿撰的《鬼董》五卷，实出南宋孝宗、光宗时太学生沈某之手，因其书为关汉卿所传，故或误署之为作者①。其他如元周致中纂辑的《异域志》二卷，所述外国风土，真伪参半，夹杂着许多怪异的传说。像穿

① 参阅《鬼董》（《说库》本）卷末之元泰定丙寅钱孚跋及清乾隆丙午鲍廷博跋。关汉卿《鬼董》五卷，见《元艺文志》第48页。

胸国、羽民国、三首国之类，皆袭《山海经》；女人国、后眼国、狗国等等，亦为小说家言。全书带着很大的志怪成分，不能算是真正的地理著作。

第二节　历史琐闻类的笔记

《归潜志》、《玉堂嘉话》、《隐居通议》、《辍耕录》及其他

金元的历史琐闻类的笔记，大致可分为四种：第一种是以遗老身份追述前代轶闻的，如金刘祁于入元后所撰《归潜志》之记金朝故事。第二种是据切身经历以记当代典章制度为主的，如元王恽的《玉堂嘉话》之述元代文诰、礼仪等等。第三种是分门别类地编次材料，兼记叙、议论、考证的，如元刘埙的《隐居通议》；陶宗仪的《辍耕录》虽不分门，而包括多方面的内容，亦与《隐居通议》相近。这后两种笔记较多，如元盛如梓的《庶斋老学丛谈》、蒋子正的《山房随笔》之类，虽内容重点各异，但都属于丛谈杂记，所涉及的史事、艺文等等，往往有一长可取。第四种是野史杂传一类，以叙事实记人物为主，如辽王鼎的《焚椒录》、元吴莱的《三朝野史》、徐显的《稗史集传》等等，叙述见闻，亦足供采择。其中首先值

得重视的是《归潜志》、《玉堂嘉话》、《隐居通议》和《辍耕录》这四部书。

《归潜志》，金刘祁撰，十四卷。常见的为《知不足斋丛书》、《笔记小说大观》本，有附录一卷，附《金史》本传、元王恽《浑源刘氏世德碑》、清王士禛《归潜志序》、钱曾《读书敏求记》一则及元赵穆、清宋定国、李北苑、卢文弨、鲍廷博五跋。

刘祁字京叔，浑源人，金太学生，入元不仕，颜其堂曰归潜，因名所著曰《归潜志》，与同时元好问的《壬辰杂编》并行于世。《壬辰杂编》已于明中叶亡佚，此书仅存，所录金末文献，甚可宝贵。如记大梁被围，金兵屡败，执政者仓皇无计，末帝在宫中曾想自缢，并欲坠楼，为人所救，城内百姓多饿死，甚至人吃人。后来崔立叛变降元，杀两执政，元兵入城，大肆劫掠，而金遂亡（卷十二）。刘祁时在汴梁，所述皆亲身经历、见闻，故多可信。又谓金南渡后，为宰执者往往无恢复之谋，上下皆以苟安目前为乐；朝廷近侍，谄谀成风，隐瞒灾异和民间疾苦；遇事不肯明白表示可否，低言缓语，互相推让，号“养相体”；宰执用人，必先择无锋芒、软熟易制者，曰“恐生事”（卷七）。足见当时官场之腐败。书中还叙及金末其他政教风俗种种弊端，亦足发人深省，可据以了解金亡的多方面原因而引以为戒。刘祁在论及金玉与菽粟之用时，感慨地说：

> 金银珠玉，世人所甚贵，及遇凶年则不及菽粟，何哉？事有先后，势有缓急也。平时富贵之家，求一珠玉犀象玩好器物，至发粟出帛，惟恐其不得，将以充其室夸耀于人以自乐者，皆是也。壬辰岁，余在大梁时，城久被围，公私乏食，米一升至银二两余，殍死者相望。人视金银如泥土，使用不计。士庶之家，出其平日珠玉玩好，妆具环佩，锦绣衣衾，日陈于天津桥市中，惟博鬻升合米豆，以救朝夕。尝记余家一毳袍，极致密鲜完，博米八斗，金钗易牛肉一肩，趣售之。以是知明君贵五谷而贱金玉，诚知其本也。古人云："薪如桂，米如珠！"岂虚言哉。

重农贵粟的思想，先秦两汉诸子阐述已详，刘祁又以他切身的经历，证明了菽粟重于珠玉的道理。城围而粮绝，就更加速了金的灭亡。

《归潜志》各卷无小标题，亦不分门类，但实际是以类相从，编次甚有条理。卷一至卷六，除首记金海陵王、宣孝太子、章宗及金王公等五条外，俱述金朝士大夫的经历、言行、诗文述作，略似人物小传。卷七至卷十，杂记涉及金代政治、艺文等方面的琐闻轶事。卷十一详述大梁被围始末。卷十二记崔立叛变投敌劫持群臣立碑事，附“辨亡”一篇和其他议论。卷十三记一些零星的议论感想和读书心得等，多有处世的经验之谈。附录麻革的《游龙山记》一篇及后人辑入刘祁的《书证类本草后》、《游西山记》、《游林虑西山记》、《北使记》等佚文四篇、佚诗二首。又逸事一则，亦录其两诗。由于刘祁的《神川遁士集》已经失传，这一部分诗文，也就更有保存的价值。第十四卷载刘祁的《归潜堂记》及他人所作《归潜堂铭》和诗，其中有元好问七律一首，《遗山集》亦失载。此卷还有元郝经的《浑源刘先生哀辞》一篇、王恽的《追挽归潜刘先生》七律一首，俱系后人辑入。

刘祁生际金末，多与当时士大夫交游，故所录诗文掌故轶事琐闻，皆系其耳目见闻所及，大都可信。如卷一叙金海陵王（完颜亮）为藩王时咏扇诗：“大柄若在手，清风满天下。”语意双关，口气很大，后世流传，赖此记载。至于其“屯兵百万西湖上，立马吴山第一峰”之句，则宋岳珂《桯史》已引述及之。

清人李慈铭认为刘祁“文笔颇拙”[①]，实际《归潜志》的叙述朴厚无华，正是一个优点。而且不涉虚妄，不谈怪异，其风格尤在金元其他笔记之上。欲找金朝史料，这是首先应该重视的一部书。元人修《金史》，即多取材于此。

《玉堂嘉话》，元王恽撰，八卷。常见的有《墨海金壶》和《守山阁丛书》本，《丛书集成》本即据《墨海金壶》本排印。除单行本外，已全文收入王恽《秋涧集》中。

《玉堂嘉话》成书于元世祖至元戊子，有自序一篇。所记是王恽自中统二年辛酉到至元三十一年甲午官翰林前后三十四年之事。玉堂，官署名，本为侍中所居；自宋以来，习以专属翰林，故王恽称其书为《玉堂嘉话》。

书中所记当时的文诰礼仪等，都足以显示元一代的典制。如卷一的“为春旱禁酒诏”、“为春旱祈雨青词”，卷三的“修端门前桥启土告岁君地祇文”，卷四的“告太庙文”、“瀛国公制辞”等，都是王恽见到的第一手材料。卷三另有一条记载说：

至正十五年戊寅正月甲寅乙酉朔，同李侍讲德新、应

① 李慈铭语，见商务印书馆出版《越缦堂读书记》下册第985页。

奉李谦陪百官就位望拜行在所，凡七拜。其侍仪司先一日于端门两阙门灰界方所，以板书百官号，随各司依品秩作等列。班定，以次入宫行礼，礼毕由左掖门出，风埃大作。所谓“出门尘涨如黄雾，始觉身从天上归”。曾有口号一绝：隔夜端门分板位，平明簪笏列鸳行。紫云低复千官入，润作金炉百合香。

这使我们知道至元间有所谓“望拜行在所”的仪式，隔夜撒灰分界，板书官号，次早列班入宫行礼。这是在当时历史条件下一种特定的礼制。王恽还根据蔡无可《大觉寺碑》指出燕京展筑南城，在金海陵王天德二年；根据提举司文案，指出至元六年行用元宝钞，止七十余万锭，皆确实可信。

《玉堂嘉话》内记载唐宋以来的文诰掌故、轶闻遗事以及书画等等材料，也多有可采。如卷一记唐裴耀卿、张九龄、李林甫等告身为王恽所亲见，可据以了解唐代告身的格式。卷二谓制诰二体不同，制宣王言，应用散文；诰则牒奉敕行，应用四六。可知后来制诰全用四六之非。卷三的“新船落至祭岁君文”，又使我们知道造成新船下水时，须先祭岁君，文中还解释了“落至”的含义说：“成舟委波[1]，谓之落至。”

南宋抗金名将岳飞，于赵构（高宗）时含冤被害，至赵昚（孝宗）时才复官改葬，予谥追封；《宋史》岳飞传于此，只有“淳熙六年谥武穆，嘉定四年追封鄂王”的简略记载，《玉堂嘉话》卷二则录有“鄂王岳飞谥忠穆文”全篇，文章很好，不知出于谁手，兹照抄如下：

主尔忘身，兹谓人臣之大节；谥以表行，必稽天下之公言。申锡赞书，追告幽窆。故太师追封鄂王谥忠穆岳飞，威名震于区夏，智略根乎诗书；结发从戎，前无坚敌；枕戈励志，誓清中原。谓恢复之义为必伸，谓忠愤之气为难遏，上方密契，诏札具存。夫何权臣，力主和议。未究凌烟之伟绩，先罹偃月之阴谋。李将军口不出辞，闻者流涕；蔺相如身虽已死，凛然犹生。犹高皇眷念之不忘，肆孝庙哀矜之备至，还故官而礼葬，颁祠额以旌褒。逮于先帝之时，檖以真王之爵。既解诬于累圣，可无憾于九京。然而易名之典虽行，议礼之言未一，始为忠愍之号，旋更武穆之称。朕获睹中兴之旧章，灼知皇祖之本

① 委波，即下水之意。

意。爰取危身奉上之实，仍采克定祸乱之文，合此两言，节其一惠。昔孔明之志兴汉室，若子仪之光复唐都，虽计效以或殊，在秉心而弗异。垂之典册，何嫌今古之同符；赖及子孙，将与山河而并久。英灵如在，茂渥有承。

这篇文章于岳飞的心迹和功劳，有恰当的评价；于其含冤被害以及改谥追封的委曲，有具体的说明。虽对赵构不无回护，但大部分内容可取，不失为一篇可贵的历史文献，幸而因《玉堂嘉话》的记录而保存下来。卷二还有“辛殿撰小传”一篇，谓辛弃疾本济南人，因金占北方归宋，及第后力主攻金复国，与韩侂胄议合，其文集中有寿南涧翁文，即为侂胄而作；泰山之灵岩有弃疾题名刻石，析“辛”字为“六十一山人”，恽于至元二十年来游，石刻犹存云云，亦足补史阙。

至元十一年十二月元人把宋内府的图书礼器皆运至大都，王恽于《玉堂嘉话》的卷二、卷三中摘记了其所见宋内府书画二百余幅，也往往不见他书著录，为研考古代书画流传端绪的重要资料。另外像卷一的“跋僧花光梅后语”一条云：

蜀僧超然字仲仁，居衡阳花光山。避靖康乱，居江南之柯山，与参政陈简斋并舍而居。山谷所谓研墨作梅，超凡入圣，法当冠四海而名后世。尝有“移船来近花光住，写尽南枝与北枝”之句，其丰度可想矣。云梦赵复题云：“如王谢子弟，倒冠落珮，举止敧倾，自有一种风味。”此盖前金高丞相家藏，旧四幅：暗香、疏影、溪雪、春风。今失其溪雪。见为宋子玉所收。

按元夏文彦的《图绘宝鉴》虽载超然小传，并无上面这些内容，今人所编《唐宋画家人名词典》也没有引述及此。

《隐居通议》，元刘埙撰，三十一卷。有《读画斋丛书》、《海山仙馆丛书》、《丛书集成》诸本。

刘埙亦生宋末，比王恽年辈稍后，《隐居通议》大约是他晚年所作，共分理学、古赋、诗歌、文章、骈俪、经史、礼乐、造化、地理、鬼神、杂录十一门，议论、记叙、考证兼而有之。其理学一门讲心性、德行、道统、朱陆异同等，虽有一些治学、处世的经验，但门户陈言亦多；“鬼神”一门，语涉荒怪，无关学问；考证经史等等，亦非所长，均不足论。值得重视的，是其中谈诗文的部分。

《隐居通议》引述的诗文，往往不见他书。如卷二十一录宋度宗登极赦文，《宋史》本纪不载；卷三十一录宋度宗咸淳七年同年小录，可考见宋代科举之制，亦不见于他书。又唐宋璟的《梅花赋》，习见的一本，清人已辑入《全唐文》；刘埙曾见到宋元之间流行的另一本，虽然他曾怀疑这是“后人效之”，但未敢臆断真伪，而把它和前一篇一并录入了《隐居通议》卷五，以俟识者参考。这后一篇《梅花赋》也和前赋一样，先列小序，后入正文：

> 忆深山大川，断石长岩，兰芳幽秋，草落严霜。一气颓枯，万物闭藏。天地不色而艳，根荄逞寒而芳。雪霜之间，时落梅花，孤香高标，入眼澄俗。余因作而赋之曰：云寒草死兮，万根荄之不芳。风栗冽兮，冰生水乡。山瘦兮月小，天空兮水光……

《隐居通议》所引诗文，多录全篇，首尾皆具，文意完整。所述之人，或不见记载，赖此书而传其姓名；所引诗文，或原集早佚，赖此书而留其片羽。如卷四录傅幼安《秋花草虫赋》，卷九录邓月巢《玉山道上》一绝，皆文笔清婉，而名姓不彰。《隐居通议》在保存遗佚方面，是有功绩的。

刘埙论诗，亦时有可取。如卷十一的“唐宋诗意同”一条云：

唐人诗云：昨日春风欺不在，就床吹落读残书。刘贡父云：惟有南风旧相识，径开门户又翻书。荆公曰：闲眠尽日无人到，自有春风为埽门。贺方回云：蜡屐旧痕寻不见，东风先为我开门。四诗意虽相近，然论其自然，则荆公、贡父所作为胜。

就诗情自然、深婉而言，荆公、贡父之句确实更胜一筹，可见刘埙懂诗，故能于细微之间定其甲乙。又同卷“辨秋胡妇”一条，谓秋胡既婚五日，犹不认其妻之容貌，岂非痴人？既别五年，其妻容貌必不如初嫁时，犹相挑引，则新婚少艾，又何遽舍之而远游？意者古人创此奇事以警后世，而诗家取以作题目发吟思，尽信书不如无书。刘埙这一段议论也不粘不滞，切近情理，具有诗人手眼，较之沾沾于考辨秋胡事迹者为高明。另外卷七的“杜句皆有出处”一条，于探讨语源，亦有参考价值。

《辍耕录》，元陶宗仪撰，三十卷。有《津逮秘书》、《丛书集成》、《四部丛刊三编》、《元明史料笔记丛刊》等本。《历代小史》本一卷，乃本书之节抄。

这部书成于元末，有至正二十七年孙位序。其中记述元代的法令、制度、轶闻、琐事以及宋季的掌故、诗文等等，颇多可贵的文献。如卷二记御史台的建置沿革、宣文阁的职掌，卷五“劈正斧”一条，记皇帝登极、正旦、天寿节等登大明殿时的仪仗，卷二十一详述宫阙的制度，俱有关元代的典制，为他书所未详。卷二十一“喝盏”一条，叙皇帝的宴飨之制，可见元代亦常沿用金朝旧仪。卷十八“记宋宫殿”一条，不仅叙述了宋代汴梁故宫和杭州行宫的建置，还抄录了汴梁宫人所作五言绝句十九首，于了解宋代宫闱情况，很有用处。

书内所记其他史料，亦多有可采。如卷三“贞烈”一条，记至元十三年伯颜统兵入杭，掳掠宫妃、民妇，死者甚众。被抢入元宫的宋宫人，有自缢而死的，皇帝还命令断首悬挂，其迫害镇压之残酷，可以想见。同卷“岳鄂王”一条叙柯九思等以岳飞墓颓废，倡议重修，郑元祐作疏文，中有“方略如霍骠姚，不逢汉武，徒结志于亡家；意气如祖豫州，乃遇晋元，空誓言于击楫”等警句；卷四“挽文丞相诗”一条录徐世隆、虞集七律各一首，一唱三叹，感慨淋漓，这都反映出元代士大夫对岳飞、文天祥两位抗敌英雄的崇敬。又卷四“贤妻致贵”一条记程鹏举在宋末被掳与张万户为奴，张以所掳女某妻之，妻劝程逃走，入元后为官，得与其妻团聚。这个故事，说明了当时蒙古人、色目人等多掳掠汉人为奴的事实，有一定的代表性。京剧名演员梅兰芳曾采此情节，改编成《生死恨》一剧。

此外，像卷二十九“纪隆平”一条，记元末张士诚弟兄起事始末；卷四“发宋陵寝”一条，汇辑诸家所记杨琏真珈掘宋诸帝墓，唐珏、林德阳收葬残骨事，全是很详细的史料。宋陵一条，多为后人述史所依据。但其中诸说，亦有不合事实者，清人李慈铭，曾辨析及之[①]。

《辍耕录》所载时事和文学、书画、医术、技艺以及语词、民俗等等多方面的记叙与考证，都不乏有用的材料。如卷二“刻名印”一条，叙元代蒙古人和色目人的为官者，多不能执笔画花押，而以象牙或木头刻印钤用。可知元代押印盛行的原因，所以后来这类实物传留较多。卷五“题跋”一条记刘会孟题苏李泣别图云：“事已矣，泣何为，苏武节，李陵诗。噫！”冯子振题杨妃病齿图云：“华清宫，一齿痛；马嵬坡，一身痛；渔阳鼙鼓动地来，天下痛！”陈绎曾题杨妃上马娇图云：“此索清平调词赴沉香亭时邪？抑闻渔阳鼙鼓声赴马嵬坡时邪？上马固相似，情状大不同，观者当审诸？”此三跋俱短小精悍，语意警切，实为佳作。卷二十五记元院本名目，卷二十七记杂剧曲名，是有关戏剧的史料；卷三十考印章

① 见《越缦堂读书记》下册第987—989页谈《辍耕录》的部分。

制度，为有关印篆的史料；卷二十九记墨的制造和唐宋元制墨的名家，是有关造墨的史料；卷二十八记画家十三科，述绘画的题材；卷二十七记裱背十三科，谈裱画的常识；卷十五记医家十三科，为关于中医科目的记载，皆足资考证。卷二的“杀虎张”一条，记张万户因杀虎得名“拔突”（亦曰拔都），可见清人以“巴图鲁”为勇士之称，实与“拔突”为一语。卷八的“长年”一条，卷十一的“分疏”与“事物异名”两条，也是解释语词之例。卷五“发烛”一条，谓杭人削松木为小片，其薄如纸，熔硫黄涂木片顶，名曰发烛，即火柴之先河。卷二十九“称地为双”一条，引《云南杂志》谓以三人二牛犁田一日为一双，约四亩。亦可据以考知一时民俗。

《辍耕录》是一部有参考价值的书，其中也夹杂着不少神怪迷信和琐屑无聊的记载；摘引前人述作，不标书名，亦属一般笔记的通病。如卷八的“聂碧窗诗”一条，即录自元蒋子正的《山房随笔》，只是少抄了一首绝句。

除去上述四部书之外，如元白珽的《湛渊静语》二卷，所记皆宋代轶闻，亦多考辨。其引及之“使燕日录”，详载宋汴京宫阙建筑、名称等等，足补史阙。又谓古人改火，关于时化，新火性柔，无忽燎速炽之患；嵇康死于魏景元三年，其传不应列于《晋书》，俱有见地。还有元盛如梓的《庶斋老学丛谈》三卷，多谈经史诗文，间记元代及两宋轶闻掌故。蒋子正的《山房随笔》一卷，多叙宋末元初故事，略似诗话，记贾似道误国，木绵庵郑虎臣报仇事尤详。鲜于枢的《困学斋杂录》一卷，记人物，举杂说，多叙书画和古器物。杨瑀的《山居新语》四卷，包括多方面的材料，和《辍耕录》相近。郑元祐的《遂昌山樵杂录》（亦称《遂昌杂录》）一卷，记宋末轶闻及元代高士名臣遗事四十余则，虽篇幅无多，而颇有足取。孔齐的《至正直记》（亦称《静斋类稾》、《静斋直记》）四卷，内容不免芜杂，但所记元代轶事（如元文宗皇后事），或为他书所无。陆友仁的《研北杂记》（亦称《研北杂志》）二卷，叙述逸文琐事，书画古器以及一些考证（如解释唐李商隐《无题》诗的“金蟾啮锁”之句），多有参考价值。旧题长谷真逸撰的《农田余话》二卷，记元末张士诚及红巾军等事，俱出于作者自己的见闻，可供考史参酌。另有徐显的《稗史集传》一卷，列王艮、柯九思、陈谦、陆友、王冕等十三个人的小传，序谓自比于稗官小说，所以题曰《稗史集传》。清朱彝尊的《王冕传》[1]，即据此书内容写成，而指此书所称“某帅”为胡大海。吴敬梓的《儒林外史》第一回记吴

①见《四部丛刊》本《曝书亭集》六十四卷。

王（朱元璋）访王冕，其谈话内容，亦略同此书所叙。近人柯劭忞《新元史》中的柯九思传，也完全采用了《稗史集传》中的事迹。可见这一部分史料，是值得重视的。

前列诸书，除《稗史集传》外，都是一些综合性的笔记。还有专记一事或一代一时之事的笔记，如辽王鼎的《焚椒录》一卷，记辽道宗萧后为宫婢构陷事；阙名的《东南纪闻》三卷，乃宋末元初人追记南宋轶闻，亦间及古代和北宋时事；元刘敏中的《平宋录》三卷，记元灭宋事，内容与《元史》略同，而所载诏制表章，可补史阙；元吴莱的《三朝野史》一卷，记南宋理宗、度宗、恭帝三朝的轶事琐闻，多涉及艺文、诗词，略似诗文丛话。如记史弥远之立理宗而废济王，即举刘克庄讥讽之句；记贾似道德祐乙亥八月生日建醮青词，亦录其全文，并谓“读之虽可怒、可笑、可恨，其文自好”。这些书的作者就自己耳目所及，辑录近事，故多有可信，与掇拾陈言或捕风捉影的记叙不同。又元刘一清有《钱塘遗事》十卷，记南宋一代故事，也保存了不少史料。但其书系杂采宋人诸笔记而成，往往照抄原文，不加改动，所以文字中的称呼、语气，错杂不一。不注出处，亦不免剽窃之诮。

第三节　考据辨证类的笔记

《敬斋古今黈》、《北轩笔记》及其他

元代一般的丛谈琐记，大都杂有考据、辨证，但较之前代，为数不多；以考辨为主的笔记，则更举不出几部。其综合性的考辨如《敬斋古今黈》，偏重史论的如《北轩笔记》，大致可以代表考辨笔记的两种类型。

《敬斋古今黈》，元李治撰。据元遗山为治父所撰《寄庵先生墓碑》称治兄弟三人，长曰澈，次曰治，次曰滋，其名皆从水旁[①]；可知《元史》李冶传及本书旧题作李冶者，其误显然。柯劭忞《新元史》谓李冶本名治，后改今名。折中两说，实亦无据。

《敬斋古今黈》原书四十卷，久佚。清四库馆臣从《永乐大典》中辑录佚文，按经史子集次第排列，分为八卷。黈，塞

① 《寄庵先生墓碑》见《四部丛刊》本《遗山先生文集》十七卷。可参阅近人余嘉锡《四库提要辨证》中册第708页（科学出版社本）关于李治《测圆海镜》的辨证。

耳之具。书名取“黈纩充耳，所以塞聪”之义，表示专心著述，贯穿古今，不为外物所扰。至于《元史》本传等误题书名作“古今难”，则系因字形相近致误。现在通行的为《聚珍版丛书》本，《海山仙馆丛书》本、《畿辅丛书》本、商务印书馆《丛书集成》本，皆据此复刻或排印，附清陆心源《敬斋古今黈拾遗》五卷。又有《藕香零拾》本《敬斋先生古今黈》十二卷、逸文二卷、附录一卷，今较少见。兹所引述，即据《丛书集成》本。

李治学问渊博，著述甚富，虽然《敬斋古今黈》所存内容不及原书少半，我们还可以从中看出他论辨经史子集，皆有精辟之说，尤其熟悉史事，所举甚多，颇饶胜解。如卷四列《晋书》中同姓名者数十人，各述事略，自非平日精熟史籍者莫办。卷三谓《史记·货殖传》之“富无经业，则货无常主，能者轻辏，不肖者瓦解”中之“则”为衍文。按此处四语平列，本无连接转折关系，“则”字显系误出。又引《老子传》之“君子得时则驾，不得于时，则蓬累而行”，云蓬累者谓逐队而趋，若蓬颗然随风积聚而东西，其说亦通。又卷四的一条云：

欧公《五代史·李存孝传》云：康君立素与存信相

善，方二人之交恶也，君立每左右存信以倾之。事虽可见，语殊不甚明。盖《存信传》云存信与存孝俱为养子，材勇不及存孝，而存信不为之下，由是交恶。欧公因《存信传》已用交恶二字，故叠用之，以为闲无他事，但举二人，则知其为存信与存孝。其实二人各自为传，文势不当如此。

欧阳修撰《新唐书》、《五代史》，往往事繁文简，省略失当，语意不明；李治在这里所举，正切中其弊。卷四的另一条指出《新唐书·艺文志》归类杂乱与重复之失，亦为有见。

《敬斋古今黈》考辨古籍内容，疏通文字训诂，分析诗文内容等等，也有不少可采之处。如卷五谓蟹八足而二螯，天下人无不识者，而荀子云蟹六跪而二螯（杨倞注：跪，足也），许慎《说文》亦云蟹六足而二螯，盖循荀子之说，而忘其所以为误。这里指出了迷信古人、忽略实际的毛病，值得我们思考。此外如谓《左传》的“铤而走险”之“铤”与“挺”通，故训劲捷，为疾走之貌，驳斥了孔颖达疏的解释之误（卷一）；谓《论语》之“不有祝鮀之佞，而有宋朝之美”之二“有”字皆连上一“不”字为义，言无鮀之巧言、朝之令色，在于今世，必不能免（卷二）；谓杜甫诗“醉中往往爱逃禅”之“逃禅”乃言破戒，指苏晋寻常斋于绣佛之前，及其既醉，则往往尽破前日之戒（卷七）。其说均通。又言《庄子》之佝偻丈人承蜩，乃取蝉以供食用，引《礼记》郑注及《荀子》杨倞注为证（卷五）。解说亦新，且有确据。又卷七的一条云：

前辈论《楚辞》蕙肴蒸兮兰藉，奠桂酒兮椒浆及韩退之《罗池庙碑》春与猿吟兮秋鹤与飞，谓欲相错成文，则语势矫健。又论韩诗淮之水舒舒，楚山直丛丛，谓之避对格。然予考诸古文，则不独错综于对属之间，至于散语亦多有之。若《荀子·劝学》篇云：青，出之蓝而青于蓝；冰，水为之而寒于水。《庄子·徐无鬼》篇：市南宜僚弄丸，而两家之难解；孙叔敖甘寝秉羽，而郢人投兵之类，皆是也。又凡经史中辞倒者，其义悉与此相近。

凡上下句文义可相对的，不拘辞赋、骈散，有韵无韵，故意变换句法，使之不对，以错综成趣，增强笔势，这是古人常用的一种修辞方法。李治所举，可供阅读古籍、研究艺文者参考。

在元代考据辨证类笔记中，《敬斋古今黈》体例较严，内容充实，首先值得重视。

《北轩笔记》，陈世隆撰，一卷。通行的有《学海类编》、《知不足斋丛书》、《笔记小说大观四辑》等本。《知不足斋丛书》本校刊较精，《丛书集成》本即据以排印。

这部书篇幅无几，皆就史实以发议论。如论唐刘晏事一条谓晏理财多年，有功于国，至其被诛，乃因昔劾元载致死，其党杨炎坐贬，后炎专政，为载报仇，遂诬陷晏死，天下冤之。使晏不劾元载事，虽理财固不致死；劾载事，即不理财，亦死。胡致堂（寅）乃谓晏以理财而死，是言利背义之为害，若天道报恶者然；将使司国计者，不以足国为务，而徒以不言为高，于国无益。

这段议论相当透辟，说明了事实的因果，足见天下是非之公，有力地驳斥了胡寅的谬说。其他议论，也多有自己的独到见解。其郭璞、张咏两条，虽涉神怪，尚系采自史籍，据以发论。南阳僧静如一条，则述梦中怪异，纯似志怪小说，与史事毫无关涉，不知何以列入书内。

除去上述两书之外，还有黄溍的《日损斋笔记》、李翀的《日闻录》、郭翼的《雪履斋笔记》各一卷，都是元代以考辨为主的笔记。《日损斋笔记》原由黄溍随笔记录，并无条理；后经其同里刘刚分类编次，标辨经、辨史、杂辨三目，所述多确实有据。清陈熙晋又逐条附加考证，说益详明。《日闻录》多考历代典章制度，亦偶记元代故事轶闻，末附长文，说明佛书之欺伪，俱可供参考。原书久佚，今本系清人自《永乐大典》中辑出。《雪履斋笔记》说经论史，间有可采，原书亦未加诠次。

综观金元的笔记，其小说故事中的志怪一类，摹仿宋人，并无新异；倒是《诚斋杂记》、《琅嬛记》之类杂采琐闻故事的，较有特色。历史琐闻，种类数量均多，不乏佳作，如《归潜志》、《玉堂嘉话》、《辍耕录》等等，各有独特的材料可取。考据辨证，虽不免相形见绌，但《敬斋古今黈》的内容，并不逊于宋王应麟的《困学纪闻》。有此一书，亦可为元代考辨类的笔记自张一军了。

第六章　明代的笔记

第一节　小说故事类的笔记

志怪传奇与轶事

《涉异志》、《剪灯新话》、《何氏语林》及其他

明统一后，使元代衰微的文史之学复振。历史琐闻类的笔记也就又多起来，成为明代笔记中最茂盛的一枝。自元末明初至明末清初这大约三百年间的朝政兴废、典制变迁、文坛面貌、士人言行以及里巷传说、民情风习等等，在这些笔记中，都有很具体的经历之谈。成化弘治以来，作者日众，不仅长编巨制，可采的材料较丰；即篇幅寥寥的琐屑记载，亦时有片言只语，能反映明代的历史情况。一般说来，明中叶后，不如以前之崇尚实学，故发空论、志杂感的随笔渐多。晚明小品文的兴盛，则促进不少笔记增加了文学成分。考据辨证的笔记，以丛谈杂著之类为成就较高。其专门讲经史训诂之学的，则引据往往粗疏，记忆时多失误，与宋人这类笔记来比，实有逊色。

由于宋元平话的影响和明人对小说的重视，明代小说得到空前的发展，有了《三国演义》、《水浒传》、《西游记》等长篇杰作，有了以“三言二拍”为代表的平话集[①]。相形之下，笔记小说不免光彩大减。传奇小说，在明初曾经盛行一时，甚至被统治阶级加以禁止；嘉靖以后，续有作者，而佳著不多，难与通俗的平话抗衡。轶事小说，又皆沿袭《世说新语》的体例，只是扩大了采辑的范围，内容并无新异。志怪一类，则大都情节荒诞，叙述简略，也无法和长篇的神魔小说争胜。较著名的志怪集，如闵文振的《涉异志》、陆粲的《庚巳编》、李兼的《异林》、祝允明的《志怪录》等书，可取的内容亦均甚少。这里略谈两种，以见一斑。

《涉异志》，闵文振撰，一卷，通行的为《纪录汇编》、《五

① 指冯梦龙所编的《喻世明言》、《警世通言》、《醒世恒言》和凌濛初所编的初刻、二刻《拍案惊奇》。

朝小说》等本。所写故事，大都托之明代人物。如记天顺间陈洁任罗源知县，生多善政，死作城隍；泗州何氏女，自刎全贞，显灵托梦，大吏给她立祠；浮梁邑北的张明三，因害死二女，被鬼魂捉去以死；太监周觉成因毒毙河鱼，被大黄鳎索命而亡等等，全是宣扬封建道德、因果报应的情节。而记戚存心走到墟墓之间，群鬼逃避；罗玘在舟中染疫，得天妃救愈，乃是由于这两人后来皆官至侍郎，所以鬼知畏惧，神来保佑。这又意在为统治阶级捧场，显示他们的“不凡”。明代一般志怪，比唐宋志怪，更不像小说，渐渐变成陈祸福、寓劝惩的工具，于此可见。《涉异志》文字平庸，也说明了明人这类作品之缺乏文采。

《庚巳编》，陆粲撰，十卷，通行的为《纪录汇编》、《景印元明善本丛书十种》等本。内容和《涉异志》大致相似，偶有一些条目，可资参考。如卷十的“诚意伯”一条，记刘基早年入青田山石室得古兵书事，虽涉神怪，为时人附会的传说，却可看出当代文士对刘基才能的钦佩。卷九的“人妖公案”一条，记桑冲男扮女装被破获经过，系据公牍撮录，为成化年间实事。书中屡记五通神作祟（如卷五之“说妖”、卷六之“张道士”两条），足见明朝江苏一带之信奉巫鬼，多立淫祠。卷九的“尤弘远”一条，写一个人死后还魂，末尾说明奉道亦不能忘佛，又表现了明代一些士大夫的兼信佛道。卷十的“张御史神政记”，则很像后来公案小说的情节。

这部书作为小说而论，亦少特色。但还有一定的用处，可藉以获得一些有关明代民俗、宗教等方面的材料。

此外，如李濂的《汴京勼异记》八卷，分门别类地辑录宋代汴京异闻（其中杂有元代故事数条），尚可聊备一格。唯所采宋人笔记、地方志及《宋史》等，多为常见之书，价值也就不大。其他志怪，即更无可叙述了。

明代传奇集，以《剪灯新话》、《剪灯余话》、《觅灯因话》为代表作。这三部书都摹仿唐人传奇，而专写烟粉灵怪的故事，和唐传奇的取多种题材的不同。

《剪灯新话》，瞿佑撰，四卷，共收传奇二十篇。成书于洪武年间。其《申阳洞记》写桂州大姓钱翁，在一个风雨晦冥之夜，被妖猴摄去爱女。后有陇西李生，发现妖洞，杀死群猴，救出钱女。情节系由唐传奇《补江总白猿传》演化而来。其《天台访隐录》写洪武间台人徐逸入天台山采药，见到宋时逃难入山的居民四五十家，“止知有宋，不知有元”，更不要说明代。后来徐逸再往访求，“则重冈叠嶂，不可复寻，丰草乔林，绝无踪迹”了。这又显然是在学《桃花源记》。明人传奇内容之多因袭，于此可见。

书内其他故事，如《三山福地志》之谈因果报应，《富贵发迹司志》之宣扬“定数”，亦均不免陈腐。其《水宫庆会录》、《龙堂灵会录》以诗词文藻堆砌成篇，内容极为空洞，更不足取。瞿佑工诗，故以此卖弄。明人撰传奇，喜欢杂入诗词，炫露才华，而不顾与故事情节是否关联，也是一种通病。

《剪灯余话》，李昌祺撰，五卷，共收传奇二十二篇。成书于永乐年间。为摹仿《剪灯新话》之作，内容题材，全差不多，而篇幅较长。其“贾云华还魂记”一篇，写魏鹏与贾云华恋爱故事，铺陈委曲，描绘细腻，而许多情节不脱元稹《莺莺传》的窠臼。“田洙遇薛涛联句记”，又与张文成《游仙窟》的类型、结构相近。“武平灵怪录”写齐仲和夜宿僧庵，遇砚、笔、铫、甑、木鱼、棺盖等物为祟，联句作诗，全仿牛僧孺《玄怪录》中的“元无有”一篇，更为明显。这也足以说明明代传奇之依傍唐人。

李昌祺亦善作诗，并工集句。他在故事中罗列诗句的毛病，比瞿佑还严重。如《月夜弹琴记》录入集唐宋句的七律至三十首，简直不成小说了。

《觅灯因话》，邵景詹撰，二卷，共收传奇八篇。成书于万历年间。自序谓为续《剪灯新话》之作，但所写都是奖善惩恶、表彰节义的故事，和上述二书的着重志神异的不同，文字也质朴无华。如“桂迁梦感录”写桂迁因忘恩负义，不顾故人之子，梦化为犬，醒而悔过；“贞烈墓记”写元代旗卒某之妻郭氏，以自杀抗拒强暴，为夫雪冤。皆意在劝诫。这与《剪灯新话》等作者的矜才炫怪，已相去稍远；可是小说的意味，也就更淡薄一些了。

《剪灯新话》等书，题材多袭前人，文笔也较冗弱，价值本不甚高。但这类作品，兼具志怪、传奇两体，已开清人《聊斋志异》文体之先河，有一些承先启后的作用。明代士大夫从这些书中选取情节，以撰话本的，也有不少。如《剪灯余话》的“芙蓉屏记”，被凌濛初改写成“崔俊臣巧会芙蓉屏”一回，收入《初刻拍案惊奇》。《觅灯因话》的“桂迁梦感录”，被冯梦龙改写成“桂员外途穷忏悔”一回，收入《警世通言》。可见这些传奇集，亦给当时的话本以一定的影响。《剪灯新话》现有古典文学出版社出版的周夷校注本，把《剪灯余话》、《觅灯因话》汇印在一起，取阅甚便。

明代轶事小说，都仿《世说新语》，而有的偏重记事，如《何氏语林》；有的偏重记言，如《舌华录》。

《何氏语林》，何良俊撰，三十卷。现只有明刊本，不易见到。这部书从历代史传、笔记杂录以及山川地理等著作内采择材料，加以剪裁、分门编次，共三十八门。其中三十六门，系依《世说新语》之旧；“言志”、“博识”二门，为何氏所增。全书辑录的自两汉至元代文人的言行，凡两千七百余条。除去故事的正文之外，何良俊又按梁刘峻注《世说新语》的体例，自己引书作注来介绍人物生平或补充故事，以与正文对照映衬。每门的开头，都有序言，用来解释篇目，说明编辑意图；有的故事后面，还附以论断。兹引其“言语”门的序言如下：

余读《韩诗外传》，得赵仓唐对魏文侯事，叹曰：夫言何可以已哉！排难解结，释疑辨诬，喻诚通志，协群情，定国是。使当时无仓唐之言，太子不得立，魏国几殆。呜呼！夫言何可以已哉！孔子曰：“诵诗三百，使于四方，不能专对，虽多亦奚以为？”又曰：“君子居其室，出其言善，则千里之外应之。”正以见言之不可以已也。

何良俊曰：余撰《语林》，颇仿刘义庆《世说》。然《世说》之诠事也，以玄虚标准；其选言也，以简远为宗，非此弗录。余惧后世典籍渐亡，旧闻放失，苟或泥此，所遗实多。故披览群籍，随事疏记，不得尽如《世说》。其或辞多浮长，则稍为删润云耳。

这里前一段藉史事发议论，说明言语的重要作用；下一段指出自己编书意在多采旧闻，以免散失，故较《世说新语》取材广泛。但全书所载，并没有什么稀异的内容；它虽不再录已见于《世说新语》的故事，却仍采刘峻注文，亦不免重复。只是分类汇编历代文人言行，较便于检查而已。

《舌华录》，曹臣撰，九卷。通行的为《笔记小说大观》本，分慧语、名语、豪语、狂语以至浇语、凄语等十八门；引书自《世说新语》至宋人各笔记，共九十九种；专采清言隽语，故以“舌华”为名。其中亦载明人言论，记陈继儒语不少。如“名语”门的一条：

陈继儒曰：势在则群蚁聚膻，势去则饱鹰飏汉。悠悠浊世，今古皆然。有识之士，不必露徐偃之刚肠，但请拭叔度之冷眼。

全书所辑，都是这种琐谈杂感的片断，为明人拟《世说新语》笔记之一格。其他轶事小说，如李绍文的《明世说新语》、焦竑的《玉堂丛语》和《焦氏类林》、郑仲夔的《兰畹居清言》等，亦皆为《世说新语》的流派，和上述两书大同小异，兹不赘叙。

第二节　历史琐闻类的笔记

《万历野获编》、《菽园杂记》、《典故纪闻》及其他

明代历史琐闻类的笔记，品种和数量都超越前代，清乾隆间修四库全书，大量销毁明代野史，使这些笔记遭了一劫，而现存者仍旧不少。有的杂谈历代掌故，间以考辨；有的专记本朝史事，间以琐闻。著作既多，自然优劣不一。其中保存了确实可据的史料，也夹杂着道听途说的传闻，辗转抄袭，亦为通病。一般说来，明中叶以后，文网稍疏，笔记的作者论述时事已较为大胆，不似前人之诸多顾忌。而神怪猥亵之谈，又往往错出于记叙之内，即很好的笔记，同样不免有此疵累。可是这些笔记所叙，能补官修史书之阙或纠正其谬误的事实，相当丰富；细加采择，足供考证。专载明代故事的笔记，当首推《万历野获编》。其次如《菽园杂记》、《典故纪闻》等书，虽然体例不同，取材各异，均颇具史料价值。

《万历野获编》，沈德符撰。正编成书于万历三十四年，

续编成书于万历四十七年，共数十卷。清康熙间钱枋重编为三十卷，分四十八类，有补遗四卷，即现在通行之本。解放后中华书局曾据此本校勘排印。

这部书是沈德符记叙他祖父和父亲所述明代朝廷掌故和自己的见闻杂事而成，材料很丰富。今本所分四十八类，由列朝、宫闱至词林、科场、风俗、技艺、著述以及词曲、玩具、释道、神仙等，即能说明它的内容范围之广泛。其中有不少条目，可补《明史》所未详或与之参证；述嘉靖时事，尤多确实可信。如嘉靖二十一年，部分宫女拟缢死嘉靖，事败被杀。《明史·世宗纪》只有“冬十月丁酉，宫人谋逆伏诛，磔瑞妃曹氏、宁嫔王氏于市”这几句简单的记载。《万历野获编》卷十八“刑部”门的“宫婢肆逆”一条，则备述始末，极为详尽，列出了宫女十八人的姓名，附录刑部等衙门处理此案的奏疏，还揭露了皇后与宫妃间的矛盾。卷五“勋戚”门“刘基”一条，述洪武八年刘基再到京师，胡惟庸带医生来问疾，乘机进毒，《明史·刘基传》即采入。卷十“词林”的“翰林权重”一条，述明初翰林院诸官得考驳诸司奏启，兼掌生死大事；法司讯囚定罪，须经翰林春坊会拟，认为平允，然后覆奏论决。可与《明史·职官志》二所记翰林院职掌相参校，以研究明代官制。

从《万历野获编》的材料中，还能具体了解明代皇帝的昏庸和宫廷奢侈的严重。如卷二“列朝”门的“贺唁鸟兽文字”一条，记嘉靖时死了一个狮猫，竟制金棺埋葬，并命诸臣作文，荐度超升。礼侍学士袁炜因文内有“化狮成龙”等语，合了皇帝心意，不久即改少宰，升宗伯，加一品入内阁。补遗卷三“畿辅”门的“内府畜豹”一条，谓西苑豹房养土豹一只，至役勇士二百四十名，岁廪二千八百石，占地十顷，岁租七百金。连作者也不禁慨叹这些野兽是“啖大官之奉，皆民膏血也”。这些记载，是从官修史书里所找不到的。

书内其他轶事琐闻和有关文学、艺术等等的材料，可采者尚多。如补遗卷二“内阁”的“伪画致祸”一条，记嘉靖间蓟辽总督王忬，藏有清明上河图名迹，严嵩命其手下善于裱画的汤臣来逼索，王以伪品应之；后被汤臣揭发，遂遭严世蕃陷害以死。清李玉撰《一捧雪》传奇，写莫怀古与汤裱褙故事，即采此情节，参以他书所叙，演饰而成。

《万历野获编》是一部较好的史料笔记，但其中也有神怪荒唐和庸俗无聊的记载，还涉及淫秽之事，为其小疵。

《菽园杂记》，陆容撰，十五卷。通行的以《墨海金壶》本为最完整，《守山阁丛书》本即据此复刻。

陆容是成化丙戌年的进士，学问很渊博。他这部《菽园杂记》，曾被和他同时的王鏊称赞为本朝记事之书第一。其中所记明代典制、故事，多为《明史》所未详。如谈将军之名，有亲王子孙应授官职之名，武臣给授散官之名，各边挂印总兵官之名等等（卷四），非熟于官制者不能言。记洪武、永乐、成化三朝京营之制（卷五），成化以前巡抚、总督之设置（卷九），亦均可补职官志之阙。又述进士写家状，凡祖父母、父母俱存的，曰重庆下；父母俱存的，曰具庆下；父存母故，曰严侍下；父故母存，曰慈侍下；父母俱故，曰永感下（卷一）。虽甚琐屑，也有助于了解掌故。但这部书最可贵的记载，还是关于明中叶手工业生产、民情风俗等方面的材料。如卷十四记勘查五金矿苗和提炼银、铜的方法以及刘田之制青瓷、龙泉之制烧瓷的原料韶粉的情况，都非常细致、具体，说明了当时手工业已相当发达。其卷十三记衢州造纸方法的一条云：

衢之常山、开化等县人，以造纸为业。其造法：采楮皮蒸过，擘去粗质，糁石灰浸渍三宿，蹂之使熟；去灰，又浸水七日，复蒸之。濯去泥沙，曝晒经旬，舂烂，水漂；入胡桃藤等药，以竹丝帘承之。俟其凝结，掀置白上，以火干之。白者，以砖板制为案卓状，圬以石灰，而厝火其下也。

这里把从采取原料到制出成品的几道工序都叙述清楚，可见明代造纸的一般过程及其技术水平。卷十五记种竹子的秘诀云：“种竹无时，雨过便移。多留旧土，记取南枝。”亦为经验之谈。其他如卷一记吴中俗讳，谓行舟忌讳说“住”和“翻”，称“箸”为“快儿”，称“幡布”为“抹布”；忌讳说“离散”，称“梨”为“圆果”，称“伞”为“竖笠”；忌讳说“狼籍”，称“榔槌”为“兴哥”；忌讳说“恼躁”，称“谢灶”为“谢欢喜”。卷七记京师奸徒欺骗外乡人说：“京师有妇女嫁外京人为妻妾者，初看时以美者出拜，及临娶，以丑老换之，名曰戳包儿。有过门信宿，盗其所有逃去者，名曰拿殃儿。”这又对于研究明代民俗、语词和社会情况，有一定的参考价值。

《菽园杂记》较少抄袭旧文，论史事、叙掌故，谈韵书、说文字，亦多自己的见解，是值得重视的一部笔记。

《典故纪闻》，余继登撰，十八卷。通行的为《畿辅丛书》本，《丛书集成》本即据此排印。

余继登是万历丁丑进士，官至礼部尚书。他在做翰林院检讨时，曾参与修撰《明会典》，对明代典籍和列朝实录较为熟悉。《典故纪闻》就是他摘抄诸实录、起居注等书而成。其中如卷五记洪武二十八年减亲王、郡君的俸禄，卷十一记正统十四年兵部重定官员合用皂隶的人数等，都很详细，为他书所不载。卷十五记官吏折俸布，每阔白布一匹，折米四十石。成化十六年户部议减，始改折三十石，还相当于白银三十两之数。卷十八记嘉靖初年边费，每年二十九万，以后竟递增至二百五十一万。明中叶后政治之腐败，边防之吃紧，于此可见。其他如卷十四记成化时太监汪直两次掌西厂的经过，足与《明史》所载参照。同卷记成化五年张太师的后裔张元吉以凶暴杀人被诛，刑部尚书陆瑜请禁张氏印行符箓惑世，而宪宗仍令张氏族人袭封正一嗣教真人，这又反映了明代昏庸的皇帝的信奉道教和被封为“真人”的道士的仗势作恶。

《典故纪闻》所记自明初至隆庆时事，均有可采。但其中间杂着的皇帝的言论，则大都为粉饰溢美之辞，并无价值。某些传闻，如谓太祖攻陈埜先时，有蛇缘臂而走；太祖梦人以璧置于项，既而项肉隐起，后遂成骨等等（俱见卷一）。宣扬封建迷信的内容，自然是不能视为史料的。

除去上述的三部书外，如叶子奇的《草木子》、郎瑛的《七修类稿》、朱国桢的《涌幢小品》，也是杂记丛考之类笔记的较为著名的。《草木子》四卷，刊行于正德年间，分管窥、观物、原道、钩元、克谨、杂制、谈薮、杂俎八篇，记元末明初红巾军起义抗元事最详。《七修类稿》五十一卷，续稿七卷，刊行于嘉靖年间，分天地、国事、义理、辨证、诗文、事物、奇谑七类。所记元明史事如张士诚、陈友谅始末，三保太监、本朝科场等等，足资参证。但其义理、辨证、诗文、事物等类中条目，多因袭前人成说，没有什么价值。郎瑛自己的见解，又往往错误。清王士禛在《香祖笔记》中即曾加指斥，其天地类多附会阴阳五行，奇谑类多涉神鬼迷信，均无足取。《涌幢小品》三十二卷，刊行于天启年间。杂录见闻，间有考证。其中某些记载，亦能反映明代政治、经济情况。可是这类内容，不过全书十之二三。书内故事、掌故，以及琐谈、丛考，大部分采择旧文，甚为芜杂，以致精华为糟粕所掩。因此我们从这些笔记内找材料，好比沙里捡金，须要费一番工夫。

明代这类杂载琐闻、掌故的笔记，还有黄瑜的《双槐岁钞》十卷，成书于弘治时，记自洪武到成化中的故事。其述科举、军政、边备等，可补史阙。有李默的《孤树裒谈》五卷，记自洪武到正德中的故事，系采辑当代笔记而成，引书共三十种。这两部笔记叙述的范围，较为广泛。其他如都穆的《都公谈纂》、陆深的《玉堂漫笔》和《豀山余话》、许浩的《复斋日记》、王锜的《寓圃杂记》、崔嘉祥的《崔鸣吾纪事》等书，也都保存了一些零星的史料。

对明代的典章、制度，有些笔记叙述较多。如正统时叶盛的《水东日记》，嘉靖时郑晓的《今言类编》，王世贞的《凤洲杂编》和《觚不觚录》，隆庆时于慎行的《谷山笔麈》等，都在这方面辑了相当丰富的资料。其他史实，也有可采。像《今言类编》卷二“经国”门之记漕运、盐法，卷三“建官”门之叙设官沿革等，皆足与《明史》详略互参。《凤洲杂编》卷二录正统十四年明代宗（朱祁钰）覆英宗（朱祁镇）的信和给也先的信的全文，亦为他书所不载。这信说明代宗只希望英宗回来做太上皇，而不肯让出帝位。可见这两个统治者之间的矛盾是尖锐的，所以后来就有英宗复辟的一幕。另外如《觚不觚录》谓大朝会时，文武群臣各具朝服朝冠，独锦衣卫官衣绯绣袍、纱帽、靴带，以便于奉旨捕人；正德中某大臣谄媚刘瑾，尊之为恩主老公公，而自称门下小厮某。前一条虽谈仪制，却反映出明代廷杖、诏狱的残酷；后一条虽讥官吏卑鄙，却暴露了当时宦官的专横。这都是在正史中看不到的内容。《觚不觚录》还有记副启的一条云：

尺牍之有副启也，或有所指讥，或有所请托，不可杂他语，不敢具姓名，如宋疏之贴黄类耳。近年以来，必以此为加厚，大抵比之正书稍简其辞，而无他说。或无所忌讳，而必欲隐其名。甚至有称副启一、副二、至三至四者。余甚厌之，一切都绝。即以我为简亵，亦任之而已。

写信于正文之外，另加不具名的副启，以请托或作密语，本只行于官场，后来竟形成一种繁文缛节，无副启就会被人认为不厚、不恭。《觚不觚录》所记，又表现了明代士大夫间虚伪、矫饰的风气。

史实细节，多不载于官书；笔记作者，采取传说，又往往难免失真。因此记亲身经历之谈，或当时耳目见闻所及之事的，就相当宝贵。像《酌中志》之叙晚明宫廷故事，即值得重视。《玉堂荟记》和《天香阁随笔》等书记明末轶闻，亦多可取。

《酌中志》，刘若愚撰，二十三卷，附录一卷。通行的为《海山仙馆丛书》本。

刘若愚是天启时的太监，崇祯初，被认为魏忠贤一党，下狱论斩。在狱中写成这部书，为崇祯帝所见，得减等免死。全书所记，大都为其目睹身历的事情。除去万历、泰昌、崇祯的一些事和作者的自叙外，全是天启一朝的见闻。每卷一题，叙述一事，极为详细。附录的“黑头爰立纪略”一卷，写冯诠以逢迎魏忠贤而入相的经过，也很具体。

这部书于明代的宫廷秘密，暴露颇多，有一定的史料价值。如卷一“忧危竑议前记”，记万历时郑贵妃刻“闺范图”事，并附序略、跋语的全文，为作者亲自从宫内密稿箱中录出。卷二“忧危竑议后记”叙万历三十一年皦生光“妖书”事，为当时一大案，亦不见于他书。其记熹宗的只事嬉戏、不问朝政，及以大部分篇幅所叙魏忠贤和客氏的专权跋扈、残杀异己的种种罪恶，尤其可供参考。卷十四“客魏始末纪略”叙熹宗想出各样方法来做水戏，又喜欢做木匠和油漆匠。当他“斤斲刀削，解服盘礴”的时候，太监们念紧急的本章给他听，他就说：“尔们用心行去，我知道了。”于是魏忠贤等就更能为所欲为、猖狂无忌，诛除大臣、后妃，如刈草芥了。

魏忠贤与客氏狼狈为奸，做尽坏事，杀害无辜，不计其数，甚至把怀抱的婴儿也一齐处斩。他在远出时，侍卫簇拥，乐队随行，其排场声势，为“古今所罕见”；客氏于夜晚暂归私第，也一样兴师动众，大肆铺张，仪仗和气派，竟超过了皇帝的“游幸”。刘若愚描叙其情景说：

> 每遇逆贤远出，则京中街市寂然空虚、顿异寻常

者，将数日焉。大约外廷之欲亲炙逆贤，内廷之献谀乞怜者，凡四人之轿将数百乘矣。怒马鲜衣来至而为之前后追趋、左右拥护者，又百千余矣。跑马射响箭，鸣镝之声，不绝于耳，鼓乐笙管数十余簇，且行且奏。夏则大车载冰，冬则炭火如山，古今所罕见也。逆贤坐八人大轿，前用骡二头或四头拉曳之，疾如飞鸟。逆贤饱则正坐，倦则卧，醉则凭轼，两眼迷离，不知行至何处也。

按自天启元年起至七年止，凡客氏出宫，暂归私第，必先期奏知，先帝传一特旨，某月某日奉圣夫人往私第云云。至日五更，钦差乾清宫管事牌子王朝宗或涂文辅等数员及暖殿数十员，穿红圆顶，玉带，在客氏前摆队步行……内府供用库大白蜡灯、黄蜡炬燃亮子，不下二三千根。轿前提炉数对，燃沉香如雾。客氏出自西下马门，换八人大围轿，方是外役抬走，呼殿之声，远在圣驾游幸之上。灯火簇烈，照如白昼，衣服鲜美，俨若神仙。人如流水，马若游龙，天耶帝耶？都人士从来不见此也。

所叙种种，当属实录，非目睹者不能道，魏阉等当时之势焰熏天，于此可见。书内还有许多类似的记述，为我们研究晚明的阉党之祸和了解当时极端黑暗的政局，提供了相当丰富的资料。

其他如谈内臣职掌、大内规制、内臣佩服、饮食好尚等等，涉及典制、掌故的，亦往往可补史志之略。至于记熹宗病危时，口吐鲜血，全身浮肿之类的细节，虽很琐屑，也是非近侍不能知的。

《玉堂荟记》，杨士聪撰，成书于崇祯癸未。今本二卷，通行的有《借月山房汇钞》、《泽古斋丛钞》等本。

这部书所记全是崇祯时的故事，如叙宗藩仪节、经筵讲书、科举、选贡之例等等，皆有可采。作者于朝政，颇敢讥评，不似明初笔记之诸多畏忌。如记崇祯袁妃做一紫檀纱厨，费七百金，而中宫制厨，用至千金。作者认为“宫中费用，大略如此，只凭内珰口中或千或百，无处稽考”。他指出天启年间锦衣卫之职太重，崇祯朝也是“诏狱踵接，虽欲轻之而不可得”。说明崇祯帝即位以来，命相三十余人，有一二胜任的，又都不轨于正，大意主于逢迎。通过朝官互告，有钱的获胜一事，抨击官场“贿赂把持，黑狱瞒天”。这已足以显示当时政治的黑暗，并不下于天启。作者还谈及在边疆设“监视”官的弊病说：

> 监视之设，止多一扣饷之人。监视之欲满，则督抚镇

道皆有所恃矣。故边臣反乐于有监视：功易饰，败易掩也。上性多疑，有监视，又有视监视者。多一人有一人之费，穷边士卒，何不幸一至于此！

这真是一针见血的评论，“上性多疑”，也可算大胆的考语了。其他如记建文帝之墓在西山，离景陵不远，有石碑题曰天下大师之墓；毛文龙营中副总兵苏有功，被擒解京、一度逃走等等，亦不见于他书，足广异闻。

《天香阁随笔》，李介撰。原书八卷，今本二卷，已经删节。通行的为《粤雅堂丛书》本。全书所叙，也都是明末清初的故事。如记鲁王在绍兴沉迷声色的情况，谓其“期年而败”，并非不幸，而是事有必然；指出史可法“本承平之廉吏，原非拨乱之奇才”，在宏光初立时，未能巩固江淮根本之地，以致身死国灭；载万元吉《筹军录序》和论疆事疏等，俱为可靠的史料，议论亦有见地。其叙歌伎陈沅嫁吴三桂为次妃的始末，与清钮琇《觚剩》的《圆圆》一节所记，互有出入，也可相参证。

在上述三部书内，《酌中志》的史料价值较高，而对太监陈矩的称赞，不免溢美。《玉堂荟记》兼载神怪猥亵的琐事，采辑稍杂。《天香阁随笔》又以封建士大夫的反动观点，对明末张献忠的起义军多所诬蔑。但其中的真实见闻，也有不少，和那些辗转抄袭的笔记，是不同的。

笔记叙事，本不限于某种内容，有闻即录，时或为贪多所累，大都难免于偶误。而且即在一书之内，也往往是这类记载很好，而那类材料不佳，此优彼劣，瑕瑜互见。前人褒贬，有的只就一端论断，失之偏隘。如《留青日札》被清代修《四库全书》的馆臣讥为“芜杂特甚”①，只收入《四库全书》的存目。实际这部书正因为涉及的范围较广，才足以考掌故、观风俗。羼杂糟粕，只是一般笔记的通病。其价值不容一笔抹煞。

《留青日札》，田艺蘅撰，现存三十九卷。原来只有明刻本，不易见到。现有中华书局排印本。从前通行的为《纪录汇编》本的《留青日札摘抄》四卷，卷首有叙目。根据摘抄本看，即能了解这部书包罗的方面之广。如卷一“三京三都三天”一条，记明代建都经过甚详；卷四记查抄刘瑾、钱宁、江彬、严嵩等人家产，备列细目；叙严嵩义子鄢懋卿贪赃枉法的罪恶以及明初富翁沈万三事，亦俱载始末，都是有关朝政的史料。卷二“刺纸”一条，记嘉靖以来官吏在过年节时馈送礼品，以销金大红纸为礼书，并指出这样奢侈暴殄，无异于吸民

① 见《四库全书总目提要》杂家类存目五。

骨髓、膏血；“悬鸡”一条说明京师一豪绅宴客，一席就用了一百三十多只鸡，以致作者之父为之坐不安席。这又揭露了统治阶级浪费民脂民膏的严重。其卷一“风变”一条，记隆庆二年由于有选绣女的讹言，造成民间恐慌、混乱的情况，尤为具体。兹摘引两节如下：

> 隆庆二年戊辰正月元旦大风，走石飞沙，天地昏黑……至初八、九日民间讹言朝廷点选绣女，自湖州而来。人家女子七八岁已上、二十岁已下，无不婚嫁。不及择配，东送西迎，街市接踵，势如抄夺。甚则畏官府禁之，黑夜潜行，惟恐失晓；歌笑哭泣之声，喧嚷达旦，千里鼎沸。无问大小长幼美恶贫富，以出门得偶，即为大幸。虽山谷村落之僻，士夫诗礼之家，亦皆不免……一富家偶雇一锡工在家造镴器。至半夜，有女不得其配，又不敢出门择人，乃呼锡工曰：“急起，急起！可成亲也。”锡工睡梦中茫然无知，及起而摹搓两眼，则堂前灯烛辉煌，主翁之女已艳妆待聘矣。

明代选绣女，本是一种虐政，老百姓对之反感极深，畏惧极甚。所以一闻谣言，立即惊惶失措，仓促为女儿择配，造成无数悲剧。《留青日札》这段记述，相当深刻地表现了这种虐政的祸害和人民抗拒情绪的强烈。此外如卷一记杭州赌博之盛行，谓田地房屋、妻妾子女，皆可出注输去，以致破家亡身。卷二记徽州等处“弄新妇”之风，谓人家娶新妇入门，众亲戚百般戏侮，甚至新妇有不堪毒谑而自缢的，反映当时的恶习陋俗，亦可供研究明代社会面貌的作参考。卷二还叙及绣花娘、插带婆和说书的盲女“瞎先生”之出入富家，对了解明中叶的风习也有帮助。《留青日札》作者的注意一般社会现象，于此可见。

此外，还有一部笔记，多关于风土民俗的描述，值得重视，这就是《陶庵梦忆》。

《陶庵梦忆》，张岱撰，八卷。通行的《粤雅堂丛书》本为足本，《丛书集成》本即据以排印。

张岱是明末清初的人，主要生活在万历、天启、崇祯三朝。著作除《陶庵梦忆》外，还有《西湖梦寻》、《琅嬛文集》等书。他这部《陶庵梦忆》记叙山川风物、里巷琐事、文士艺人，有不少民俗掌故和文艺的材料。如卷四记兖州直指阅武，以骑兵、步兵演习布阵、设伏至擒敌、献俘情形；卷七记定海水操，军士跃水报信，以战船拒敌等情形，均甚详细，于研究明代典制有参考价值。卷五叙金山竞渡、扬州清明上墓，卷六写绍兴灯景，都是涉及节令风俗的记载。卷七述西湖香市，谓自花朝到端午，各地进香的人，群聚西湖，昭庆寺就成了集市，出售百物，热闹非常。至崇祯庚辰三月昭庆寺失火，以后两年又闹饥荒，加上外敌入侵，香客断绝，香市遂废。作者在西湖，曾亲眼看见“城中饿殍舁出，扛挽相属”，而杭州刘太守却还在那里纳贿贪污，以致时人有“暖风吹得死人臭，还把杭州送汴州”的讽刺诗句。张岱由西湖香市的兴废，透露出灾荒和外敌给人民造成的严重威胁，而地方官不管人民死活，依旧在枉法搜刮，足见明末杭州的丑恶社会面貌，这又不仅是有关风俗的记载了。

其他如卷一记南京濮仲谦刻竹、吴中陆子冈治玉、鲍天成治犀，卷二记龚春、时大彬制宜兴砂罐，卷五记柳敬亭说书，各为一时绝技。其柳敬亭说书一节，写得颇为生动，引录如下：

> 南京柳麻子，黧黑，满面疤癗，悠悠忽忽，土木形骸。善说书，一日说书一回，定价一两。十日前先送书帕下定，常不得空。南京一时有两行情人，王月生、柳麻子是也。余听其说景阳冈武松打虎白文，与本传大异。其描写刻画，微入毫发，然又找截干净，并不唠叨哝夬，声如巨钟。说至筋节处，叱咤叫喊，汹汹崩屋。武松到店沽

酒，店内无人，蓦地一吼，店中空缸、空甓皆瓮瓮有声。闲中著色，细微至此。主人必屏息静坐，倾耳听之，彼方掉舌；稍见下人呫哔耳语，听者欠伸有倦色，辄不言，故不得强。每至丙夜，拭桌翦灯，素瓷静递，款款言之。其疾徐轻重，吞吐抑扬，入情入理，入筋入骨，摘世上说书之耳，而使之谛听，不怕其齰舌死也……

这段描述，可使人具体想见柳敬亭说书艺术的高明。作者对这位老艺人的推崇，也反映了一般听众的评价。

张岱善于写小品文，兼有公安、竟陵两派之长，清新、活泼，自成一格。《陶庵梦忆》在晚明的笔记中，文字是相当出色的。

其他记杂事、琐语的笔记，如张宁的《方洲杂言》、刘玉的《已痁编》、王世懋的《二酉委谭》和《窥天外乘》、沈周的《石田杂记》、余永麟的《北窗琐语》、冯时可的《雨航杂录》、陆深的《金台纪闻》等，为数尚多，不能备举。这些书大都间杂考辨议论，而篇幅寥寥，所载不免零星细碎。像祝允明的《野记》、陈继儒的《读书镜》，内容较丰，记叙亦较成片断，而《野记》事多失实，甚至被认为“可信者百中无一”[1]。《读书镜》又多抄袭前人笔记，也不值得推荐。至于如陶辅的《桑榆漫志》、陈继儒的《狂夫之言》、失名的《西轩客谈》、吴骐的《读书偶见》之类以议论为主的笔记，则迂腐、空泛，没有什么具体内容，更无须介绍了。

明代士大夫工书善画的很多，有些笔记即着重于评论书画，记叙所见名迹。如李日华的《六砚斋笔记》、董其昌的《画禅室随笔》、莫是龙的《笔麈》等，均以此见长。像屠隆的《考槃余事》于书画之外，兼述纸笔墨砚、几榻枕簟等等，亦可供研究古文物器具者作参考。

明代历史琐闻类笔记的类型和内容，略如上述。其中专记本朝故事的如《万历野获编》、《典故纪闻》等书，多载当代典章制度的如《水东日记》、《觚不觚录》等书，多载琐闻可考社会情况、风俗民情的如《菽园杂记》、《留青日札》、《陶庵梦忆》等书，都有较高的史料价值。《酌中志》、《玉堂荟记》等书，记自身经历或目前见闻，于一时之事独详，也值得重视。至于杂谈历代掌故、间杂考辨的如《七修类稿》、《涌幢小品》等书，则多因袭旧说，可取的内容较

①见《四库全书总目提要》小说家类存目一。

少。谈书画、杂艺的如《六砚斋笔记》、《考槃余事》等书，又较为专门，只能提供某一方面的材料而已。

第三节　考据辨证类的笔记

《四友斋丛说》、《谭苑醍醐》、《焦氏笔乘》及其他

明人笔记，有一些综合性的著作，兼载丛考杂辨与琐闻故事。如《四友斋丛说》、《五杂俎》等，大都篇幅较多，包括的方面较广；而记载未免失实，考订往往不够专精，还间杂着空泛的议论、诙谐戏谑的琐谈和表示恬淡、闲适的无聊之语。另一类丛考杂辨之偏重于谈论经史、诗文、训诂、名物的，如《谭苑醍醐》、《疑耀》等，时有新的见解，也每多记忆的失误。其他一种辑录琐屑考证和议论的，如《焦氏笔乘》、《三余赘笔》等，则大都内容甚杂。有的卷帙寥寥，可采者少；有的抄袭旧文，掩没出处。在这三类笔记中，以第一类保存的材料为稍丰，通过《四友斋丛说》、《五杂俎》、《少室山房笔丛》等几部著名的综合性笔记的简介，即能了解这类笔记内容的大略。

《四友斋丛说》，何良俊撰。初本三十卷，刻于隆庆三

年；续撰八卷，合为三十八卷，重刻于万历七年。以前常见的是《纪录汇编》的六卷摘抄本，现有中华书局的排印足本。

这部书共分经、史、杂纪、子、释道、文、诗、书、画、求志、崇训、尊生、娱老、正俗、考文、词曲、续史十七门，有考证和评论，也有明代史实、地方掌故与士大夫的轶闻。一般说来，其考证较平常，而议论多可取。如谓《史记·游侠传》序论为司马迁愤激之言，并非庄语；其文章之抑扬出入，富于变幻，不是《汉书·游侠传序》所能相比（“史”一），确属的评。又谓明成祖修《五经四书大全》之后，不用汉儒之说，专重程朱传注，学者但据以略加敷演，凑成八股，便取科第（“经”三），亦为切中时弊之论。其记南京各衙门摆酒宴客的陋习（“史”八），正德十年以后松江征收钱粮的情况（“史”九），记隆庆时纂修实录的草率（“史”四），松江人民以歌谣联语对府县官的讽刺（“杂纪”）等等，均能表现明代的政治面貌。其记考功郎中寄耳目于皂隶，纵之为恶，言尤痛切：

南京考察，考功郎中或有寄耳目于皂隶者，故其人狞恶之甚。纵考功不以之为耳目，然此辈皆积年狡猾之人，好生唇吻，群类又多，转相传播，其言易售。故各衙

长官但能打皂隶，则为有风力者矣。然数十年来无一人也。（“史”八）

这里所述，亦非熟悉官场内幕者不能知，和晚清各部堂官受胥吏挟制的情况相似，政治的腐败，可见一斑。

此外，如记文征明拒绝为权贵作画，唐伯虎佯狂以摆脱宸濠的羁绊，马中锡有所感而撰《中山狼传》等轶闻，亦有助于研究文史。唯书中的经、史、子诸门，多摘抄经传子书的原文，不加评述，实无意义。作者对海瑞令东南豪绅退田一事，表示反对，谓非善政（“史”九），则反映出当时一般封建士大夫维护大地主利益的反动立场。

《五杂俎》，谢肇淛撰，十六卷。现有中华书局排印本。全书分天、地、人、物、事五门，按类辑录。每门各卷的内容，亦大致以类相从。如人部卷二皆谈术数、技艺，卷三皆谈书画、嗜好，即为一例。书内考释掌故、风俗，叙述天文、地理、草木、鸟兽、虫鱼，都有可取。如谓寒食禁火，自汉魏以来，日甚一日，至唐遂有“普天皆灭焰，匝地尽藏烟”之语，无论朝野贵贱，俱绝火食。后来民间犯禁，甚至有论死者，而明代独不禁火。这段叙述，可供我们研究寒食禁火风俗的发展和演变。其据《西京杂记》的“正月以上辰，三月以上巳”之语，驳宋周密《癸辛杂识》所提“上巳当作上己”、“上旬无巳日”之说，亦考证确实，言之成理[①]。另外如述僧尼“结夏”和“解夏”的含义，也很清楚（以上各例，俱见天部二）；谓蜻蜓点水，非爱水，乃遗卵（物部一），又是一种科学的解释，都能给人以常识。

《五杂俎》不仅在考辨方面有一定的价值，所记明代史事，足供参考的尤多。如叙皇帝、太子与藩王行婚礼的浪费、税使的扰民、宦官的骄横（事部三）以及宫内宰杀牲畜形成“血海肉林”（物部三）等等，全是反映明中叶以后政治面貌的具体材料。书中谈到徐杲对于修建有卓越的才能，以木匠起家，官至大司空。又有蒯义、蔡信、郭文英等，俱以木工，官至工部侍郎（人部一）。明代皇帝之肆意兴造，于此可见。作者还留心于许多社会现象，不仅作了记叙，并能加以分析。如谓江南与福建经济情况不同，江南大贾，强半无田；而闽中仕宦富室则占田及于邻境，以致“富者日富，贫者

---

①《西京杂记》卷三“戚夫人侍儿贾佩兰”条：“正月上辰，出池边盥濯，食蓬饵，以祓妖邪；三月上巳，张乐于流水；如此终岁焉。”《癸辛杂识续集》下“十干纪节”条：“或云上巳当作十干之己。盖古人用日，例以十干，如上辛、上戊之类，无用支者。若首午尾卯，则上旬无巳矣。故王季夷嵎上己词云‘曲水湔裙三月二’，此其证也。”

日贫”（地部二）。又记京师乞丐云：

> 京师谓乞儿为花子，不知何取义。严寒之夜，五坊有铺居之，内积草秸及禽兽茸毛，然每夜须纳一钱于守者，不则冻死矣。其饥寒之极者，至窖干粪土而处其中，或吞砒一铢。然至春月，粪砒毒发必死。许一年冻死毒死不下数千，而丐之多如故也。[①] （人部一）

这说明了明代土地兼并的严重与都市贫民之多。其他如叙述北京东城观象台的仪器设置（天部二）[②]，项子京之收藏书画（人部三），方于鲁之制墨（物部四）等等，亦为研究明代文化、艺术的有用资料。

通过上述各例，可以看出《五杂俎》记叙范围之广，保存史事之多。但其中也羼杂着大量糟粕，几乎每一门类里，都有不少迷信的说法；即记鸟兽虫鱼，也多涉神怪。其解释雷

---

① 解放前北京天桥一带，有所谓“鸡毛店”者，于破屋地下满布鸡毛。乞丐投宿，每夜付铜圆一枚，即睡在鸡毛之中。情况与《五杂俎》所叙略同。

②《五杂俎》所说北京东城的观象台，今犹存，在北京车站以东，明清时风景区“泡子河”（久已淤涸）之北。台上所陈列铜制天文仪器，有的系明代之旧，有的为清康熙时增置。可参阅近人陈宗蕃《燕都丛考》第二编第41页注三及《文物》月刊1962年3期薄树人《北京古观象台介绍》一文。

响，谓系雷公以两翅奋扑作声，尤极可笑（天部一）。书内谈历代掌故的部分，大抄前人笔记，而不注出处（事部三）；辑录笑话，亦皆采旧文，甚为无聊（人部四）。这又反映出明人撰笔记以多为胜，忽略专精的通病。

《少室山房笔丛》，胡应麟撰，四十八卷，刊行于明万历年间。通行的为清末广雅书局刻本，现有中华书局排印本。

这部书是胡应麟汇辑他的考据杂说而成，分正续二集，分题十二："经籍会通"四卷，述古籍的撰著与存亡聚散；"史书占毕"六卷，论史书，评史事；"九流绪论"三卷，论诸子百家的源流、得失；"四部正讹"四卷，辨订古代伪书；"三坟补逸"二卷，专论《竹书纪年》、《逸周书》、《穆天子传》，以补古"三坟"之阙；"二酉缀遗"三卷，采录古书中的异闻奇事；"华阳博议"二卷，杂述古人博闻强记的故事；"庄岳委谭"二卷，论述杂事，以纠正俗说的附会；"玉壶遐览"四卷，皆论道经与方士之言；"双树幻钞"三卷，皆论佛经与释氏之说；"丹铅新录"和"艺林学山"各八卷，则专为驳杨慎之说而作。每一题目的卷首，都有小序，概述本题的内容和主论宗旨。

胡应麟在明中叶以博学著称，和杨慎、陈耀文、焦竑同负盛名。本书征引丰富，议论亦多高明，为研究古籍提供了不少宝贵的资料和见解。其“四部正讹”把古籍中的伪书析为若干种，各加辨订，相当详尽，后人谈伪书的，常用其说。书内论述古典小说、传奇、杂剧的部分，尤有参考价值。如概括小说家为志怪、传奇、杂录、丛谈、辨订、箴规六类，使纷纭复杂的古代笔记，大致有类可归，即为人所称道（“九流绪论”下）。其论六朝志怪与唐传奇的不同，说“凡变异之谈，盛于六朝；然多是传录讹舛，未必尽幻设语。至唐人乃作意好奇，假小说以寄笔端”（“二酉缀遗”中）。志怪是记录传闻，传奇为有意创作，区别显然，一语扼要。后来谈小说的，也常征引及此。其“庄岳委谭”内论词曲、戏剧的条目颇多，于研究文学史很有用处。偶释语词，亦不见于他书。如谓元人称秀才为“细酸”，引《倩女离魂》首摺“末扮细酸为王文举”一句为证，即为今人辑戏曲语词诸书所未列入。

《少室山房笔丛》虽亦不免征引错误，考辨失实①，但总的说来，瑕不掩瑜，还是很值得重视的。全书引证，大都注明出处，体例较为谨严，不像《五杂俎》那样采辑繁芜，也是一个优点。

---

① 明沈德符、清王士禛和修《四库全书》的馆臣，都曾举出《少室山房笔丛》的许多错误，可参阅《四库全书总目提要》子部杂家类七。

除去上述三部书外，有王鏊的《震泽长语》二卷，分经传、国猷、官制、食货以至仙释、梦兆等十三门，亦为杂说丛考一类，兹不细述。

考论经史、诗文、训诂、名物的笔记，以杨慎的撰述为最多，其著名的有《谭苑醍醐》八卷、《艺林伐山》二十卷和以“丹铅”为名的数种。较常见的是《函海》本的《丹铅杂录》十卷、《宝颜堂秘笈》本的《丹铅续录》八卷。杨慎也是明中叶的积学之士，综观所写各笔记，即能了解他的知识的广博。例如《谭苑醍醐》卷一“孔明遗事”据《水经注》引三国蜀诸葛亮表云：“臣遣虎步监孟琰据武功水东，司马懿因谓水涨，攻琰营。臣作竹桥越水射之。桥成，遂驰去。”[①]这是不见于《三国志·诸葛亮传》的记载，可补史阙。又卷六“世说误字”谈到古书传刻之讹说：“古书传刻转谬，盖病于浅者妄改耳。如近日吴中刻《世说》，‘右军清真’，谓清致而真率也。李太白用其语为诗，‘右军本清真’是其证也。近乃妄改作‘清贵’……”[②]。“清真”比“清贵”合于当时语意，再加李白诗证，足见辨正可信。另外如《艺林伐山》卷七“溓窨

---

① 引文见《水经注》卷十八渭水。

② 按《世说新语》赏誉篇：“殷中军道王右军云：‘逸少清贵人，吾于之甚至一时无所后。’”杨慎所说改“清真”为“清贵”，当即指此。

鱼”引《方言》的郭璞注：“潇(氵+康)窞，空貌。”谓澄江有鱼，乾而中空，滇人呼为潇(氵+康)窞鱼。能贯通古今语词，解释名物。《丹铅杂录》卷七“空游”一条指出唐柳宗元《小石潭记》中的“潭中鱼可百许头，皆若空游无所依”一句，本于《水经注》的“渌水平潭，清洁澄深。俯视游鱼，类若乘空”之语[①]。若非熟读古书，亦无法找到出处。

但杨慎虽然渊博，其笔记中考证疏舛、记忆错误之处，也有不少。陈耀文曾撰《正杨》四卷，纠正杨慎之讹。胡应麟《少室山房笔丛》内的“丹铅新录”和“艺林学山”两部分，亦专驳杨慎的引证和论辨。

其他笔记如张萱的《疑耀》七卷、郑晓的《古言类编》（亦名《学古琐言》）二卷，也较为著名。前者考证语词、名物、诗文、掌故，间有可取，而记忆之误亦多。后者为讲解经史大意而作，内容并无新异。

另一类辑录琐屑考证和零星议论的笔记，有焦竑的《焦氏笔乘》六卷、续笔乘八卷。所谈范围较广，而不免芜杂；且多抄袭唐宋人笔记，不注出处，近于剽窃。另外像陆深的《传

① 按《水经注》卷三十七夷水：“其水虚映，俯视游鱼，如乘空也。”杨慎所说柳文出处，当即指此。

疑录》、都卬的《三余赘笔》、陈于陛的《意见》、钱希言的《戏瑕》、陈继儒的《群碎录》等等，篇幅很少，材料有限，这里就不作具体介绍了。

概括本章的内容来看，在明代小说故事类的笔记中，志怪以陈祸福、寓劝惩为主，大都情节荒诞，叙述简略，故事和文字俱少可取。传奇集如《剪灯新话》等，题材不脱因袭，笔墨也较冗弱。而多写烟粉灵怪的故事，兼志怪、传奇两体，对清代短篇集如《聊斋志异》等，尚有一定的影响。轶事小说，仍仿《世说新语》，而扩大了采辑范围，如《何氏语林》、《焦氏类林》，已接近类书。历史琐闻类的笔记，数量最多，史料最丰。像《万历野获编》、《菽园杂记》以及其他各家笔记，于研究明代政治、经济、社会、文化等，均颇具参考价值。而在书内混杂神怪、猥亵和谐谑无聊的记载，亦为通病。由于考据辨证之学，在明代不太昌盛，所以这类笔记为数甚少。引书凭记忆而错误，或任意删改原文，也是很普遍的缺点。除去《少室山房笔丛》、《谭苑醍醐》等有限几部著作以考辨为主外，大部分是兼叙述与杂说的综合性笔记，记事很多，而考辨与征引又往往讹舛，甚至一书之中，优劣各半。至于像《三余赘笔》、《群碎录》之类，则严格说来，本算不得什么考辨笔记，只是一种随笔杂录而已。

第七章　清代的笔记

第一节　小说故事类的笔记
《聊斋志异》、《阅微草堂笔记》、《今世说》及其他

清代是笔记集大成的时代，各种笔记都在前人述作的基础上进一步发展。其中历史琐闻类笔记的内容，尤为充实而多样化，较明人记叙的范围更广。但清初这类笔记，数量很少。康熙、雍正、乾隆三朝对有民族思想的进步文人，进行了血腥的镇压，大兴文字狱，肆意残杀；对触及清朝忌讳的野史、诗文，尽量搜集，查禁焚毁；甚至连较流行的有一些现实性的笔记小说，亦加禁毁。同时极力宣扬程朱理学和封建伦理道德，鼓励那些散布封建、迷信的小说、戏剧的传播。因此一般笔记的作者，都怕以文字贾祸，讳言明末清初的史事，不敢讥评朝

政或流露讽刺、不满的意思，只是记记掌故、风俗，谈谈文艺与士大夫言行之类。中叶以后，政治腐败，文网稍宽，于是笔记日多，对于暴露宫闱秘密、官场黑暗等等，亦较少顾忌。加上外侮时至，海禁大开，谈洋务、述欧风，也就成为后期各笔记的一般内容。半封建半殖民地的晚清社会面貌，在这些笔记中有很具体的反映。另一方面由于清初顾炎武、王夫之等人提倡经史的研究，以及一般学者为了逃避现实而整理、考证古籍，乾隆、嘉庆以来考据之风就盛极一时，所以考据辨证类的笔记无论数量、质量，均超过明代。总之，清代不同时期的各类笔记，是能显示社会的变化和学风的演进的。

清代小说故事类的笔记，继承魏晋志怪、唐宋传奇的传统，又受到明传奇和市民文学的一定影响，表现出总结性的成就。其中兼志怪、传奇两体之长的《聊斋志异》，是最具代表性的优秀作品。摹拟魏晋志怪、偏重议论的《阅微草堂笔记》，为这种小说的另一类型。而仿《世说新语》的轶事小说，则发展到连作者自己的事情也记叙在内，如《今世说》。清代种类繁多的笔记小说，大致皆为上述三书的流派。另外还有兼载时事的小说集，也是由志怪、传奇和轶事小说演化出的一种类型。

《聊斋志异》，蒲松龄撰。成书于康熙时，刊行于乾隆间。版本甚多，通行的为十六卷本。1962年中华书局出版的会校会注会评本，厘定为十二卷，共收故事四百九十一篇，是目前较完备的本子。

蒲松龄擅长文笔，颇富才情，而一生郁郁不得志，对封建制度的黑暗、世态人情的险诈等等，有较深刻的认识。他所撰《聊斋志异》，就是发泄自己牢骚愤慨的一部“愤书”。

《聊斋志异》的题材，有的采自民间传说，有的借鉴于魏晋志怪、唐人传奇，有的是作者自己的创作。如书中的“种梨”和“狐入瓶”，系脱胎于晋干宝《搜神记》卷一的徐光种瓜与卷三韩友用皮囊收狐的情节。其“西湖主”、“凤阳士人”、“续黄粱”三故事，则皆自唐传奇演化而出：“西湖主”仿《柳毅传》，“凤阳士人”仿《三梦记》，“续黄粱”显然是《枕中记》、《南柯太守传》一类。但这些故事，虽有摹拟的痕迹，却能推陈出新，作者以丰富的想象和生活经验，充实了它们的内容。

这部书着重描写的虽然也不外神仙狐鬼女魅花妖等等，可是其中许多故事都有所寄托，藉以反映现实、表现爱憎。如“席方平”通过城隍、冥王受富人贿嘱、折磨善良的情节，抨击当时官吏的贪赃枉法；“梦狼”从白翁的梦境中，指出官吏为虎为狼，食民血肉；“博兴女”写土豪某缢杀民女，投尸深渊，尸首化为神龙，把土豪的人头抓去；“向杲”写庄公子殴死向晟，其弟向杲无处伸理，竟变成猛虎，咬死仇人。这些故事显示了官吏的凶残、土豪的横暴和受害人民反抗情绪的强烈。由于在黑暗的统治下，人民有冤难报，所以作者设想出变龙化虎以复仇的神异结尾，抒发积愤。“促织”写皇宫中喜欢斗蟋蟀，于是官吏逼迫人民捕献，胥役乘机敲诈，害得许多百姓倾家荡产。老实的成名，屡遭追比，被打得两股脓血流离，九岁的儿子也为此投了井。最后还是他的儿子魂化促织，成名才得以献纳免祸。本篇虽称为明宣德间事，实际正指清代，其暴露封建制度的罪恶，亦相当深刻。另外“公孙九娘”一条，开头交代故事背景，毫不隐讳地谴责清代统治者因于七一案[①]株连之惨，一日即戮数百人，以致“碧血满地，白骨撑天”。《聊斋志异》之具有现实性，不同于一般宣扬迷信的志怪书，于此可见。

《聊斋志异》内叙述男女恋爱的故事，占着较大的比重。如“阿宝”、“连城”、“瑞云”等条，赞扬真挚爱情，主张婚姻自由，均有足取。即写虚构的妖魅，精灵幻化的

①清顺治五年（1648）山东栖霞人于七领导农民起义，声势浩大，历时十五年。清统治者为此进行了残酷的镇压，杀人很多。

女子，也充满人情味，可爱而不可怕。其他摹拟隐士、异人、英雄、侠客以及写日常生活的篇章，亦往往言之有物。如“老饕”之警惕骄傲，“劳山道士”之讽刺妄想，均富于教育意义，能够发人深省。

这部书以传奇的笔法写神怪故事，表现技巧比唐宋传奇又进一步提高：想象丰富，情节曲折，描绘生动；所塑造的各种各样的人物，大都形象鲜明，呼之欲出；刻画细节，尤能入微。它已超出笔记的范畴，成为完美的短篇小说集。但就传统言，却还是由志怪、传奇发展而来。其题材的借鉴摹拟，前面曾举例说明。书中一些寥寥两三行的简单记叙，仍保留着魏晋“残丛小语”的形式，亦足显示此点。同时它对清代后出的小说故事类笔记，也有较大的影响。因此，在这里不能不论述及之。

后起的这类笔记，成书于乾隆年间的，有袁枚的《新齐谐》（初名《子不语》）二十四卷、续集十卷，沈起凤的《谐铎》和邦额的《夜谭随录》、长白浩歌子的《萤窗异草》各十二卷。《新齐谐》内容甚为芜杂，多记述鬼怪的恐怖，与《聊斋志异》的“托鬼言志”迥不相同。《夜谭随录》等三部书，虽然效法《聊斋志异》，但差得很远，有意义的故事甚少。光绪间，宣鼎所作《夜雨秋灯录》十六卷，亦为《聊斋》一流，而少载鬼狐，多谈人事。如卷一之“青天白口”一条，叙书生南宫认庵拾金不昧与少女娟娘的遇合，虽杂怪异，不外人情，甚饶趣致。“雅赚”一条，叙某商人欲求郑板桥书画，郑嫌其俗鄙不与，商人乃于郊外构精雅的茅舍，陈设笔砚书画，使一老叟伪作隐士，俟郑出游至此，为之鼓琴舞剑，并款以狗肉。由于处处投其所好，于是板桥不觉落入圈套，自动为老叟作书画十余帧，实际尽为那个商人所得。后来板桥明知上当，也不免佩服其设骗之巧。全书许多故事，皆能叙述婉曲，文笔可观，故流传较广。此外，到嘉庆时，屠绅撰《六合内外琐言》二十卷，以离奇的情节，寄托讽喻，似欲独创一格；而内容过于荒诞，使寓意流于浅薄，也不足取。这些笔记，都不能和《聊斋志异》相比。较有影响的是与《聊斋志异》对峙的《阅微草堂笔记》。

《阅微草堂笔记》，纪昀撰。计“滦阳消夏录”六卷，“如是我闻”、“槐西杂志”、“姑妄听之”各四卷，“滦阳续录”六卷，共二十四卷。自乾隆五十四年至嘉庆三年先后成书，嘉庆五年其门人盛时彦合五书为一编刊行。现在常见的是《清代笔记丛刊》本、《笔记小说大观》本和中华图书馆的石印本。

纪昀在乾隆年间以博学著名，曾总纂《四库全书》。《阅微草堂笔记》五种，是他晚年遣兴之作。他不满意于《聊斋志异》的以一书而兼志怪、传奇两体，认为非自叙的文字，而描写隐微，不合情理①。因此他撰《阅微草堂笔记》，要继承魏晋志怪的风格，作简约质朴的叙述。但全书多藉狐鬼以发议论，和魏晋诸书的旨趣并不相同。兹录其"姑妄听之"卷四的一条如下：

> 刘拟山家失金钏，掠问小女奴，具承卖与打鼓者。又掠问打鼓者衣服、形状，求之不获，仍复掠问。忽承尘上微嗽曰："我居君家四十年，不肯一露形声，故不知有我，今则实不能忍矣。此钏非夫人检点杂物，误置漆奁中耶？"如言求之，果不谬，然小女奴已无完肤矣。拟山终身愧悔，恒自道之曰："时时不免有此事，安能处处有此狐！"故仕宦二十余载，鞫狱未尝以刑求。

这一条通过虚构的狐语，说明屈打成招的事所在多有，指出审案不应用刑逼供。可见这部书的偏于议论，以故事为说理的工具。同卷的"莫雪崖言"一条，叙某人梦入地狱，看见几

① 说详"姑妄听之"的盛时彦跋。

个鬼，由于生时巧于谄媚、妄自尊大、城府深隐、怀忌多疑等等，造成种种奇形怪状，饱受痛苦，更明显地是讽刺世态人情的寓言。又卷三“人情狙诈”一条，记乾隆间北京市面上种种骗人的伎俩，和《聊斋志异》的“念秧”一类故事相近，为当时社会的写照。书中对宋儒议论的苛刻、时人见解的拘迂、道学家言行的虚伪，往往借题发挥，加以驳斥和揭露；评诗文，谈考证，也有真知灼见。如“槐西杂志”卷一辨《桂苑丛谈》与《杜阳杂编》所记方竹杖出大宛国与芸香草出于阗国，为小说附会之辞；卷二考宋将杨业的“杨令公祠”在古北口，为辽人所建，都言之有据。此外如记清代掌故、北京文人第宅以及书画等等，还有不少足供参考的材料。可见《阅微草堂笔记》多方面地表现了作者的见解和学识，所以清李慈铭认为纪昀此作“虽事涉语怪，实其考古说理之书”①，这话确实指出了这部笔记的特点。

《阅微草堂笔记》文笔很好，叙事委曲周至，说理明畅透辟，正如鲁迅所说：“雍容淡雅，天趣盎然。”②但全书讲故事，着重劝诫，以神道设教，极力宣扬封建伦理道德、因果迷

① 见《越缦堂读书记》下册第1014页，商务印书馆出版。

② 语见《中国小说史略》第二十二篇。

信等等，似乎有意抵制《聊斋志异》。虽有可取的内容，也存在着大量的封建糟粕。

《聊斋志异》和《阅微草堂笔记》，代表着清代拟晋唐小说的两种不同倾向和类型，都有一定的影响。乾隆时成书的乐钧的《耳食录》，比《阅微草堂笔记》还早出一些，类型却很相似。此后自嘉庆至光绪，仿《聊斋志异》或《阅微草堂笔记》的作品，同时出现了许多。如嘉庆时管世灏的《影谈》、冯起凤的《昔柳摭谈》、俞梦蕉的《蕉轩摭录》、荆园居士的《挑灯新录》，同治、光绪间朱翔清的《埋忧集》、王韬的《遁窟谰言》、《淞隐漫录》与《淞滨琐话》等书，均属《聊斋志异》的流派。此外如嘉庆时金捧阊的《客窗偶笔》、道光时许秋垞的《闻见异辞》、汤用中的《翼駉稗编》、许元仲的《三异笔谈》、俞鸿渐的《印雪轩随笔》、慵讷居士的《咫闻录》、梁恭辰的《池上草堂笔记》、许奉恩的《里乘》以及光绪时曲园老人（俞樾）的《右台仙馆笔记》、《耳邮》和玉册道人的《珊海余诙》等书，虽然内容、旨趣各有小异，而大致以劝诫为主，和《阅微草堂笔记》接近。其中曲园老人学识文笔，均足与纪昀相埒，故所撰可为《阅微草堂笔记》之继。它如《池上草堂笔记》、《里乘》之类，大谈因果报应，说教意多，文情遂逊，已和《太上感应篇》等善书相似，不太像小说。至于同光以来摹《聊斋志异》的笔记，则鬼狐减少，人事增多，加入了大量的有关妓女、伶工、笙歌、画舫的记载。如《淞滨琐话》即用不少篇幅，叙述了这些内容。因为各种类型的志怪传奇故事，已差不多为前人的著作写完，题材渐渐枯窘，所以同光诸笔记的作者，于此只是改头换面，套来套去，很难脱出窠臼①；兼采时事和地方传说，也未能使这类笔记面目一新。它们的演进，到了尽头，没有多大的变化了。

清代的轶事小说，仿效《世说新语》，不仅门类体例，亦步亦趋；即内容和文字，也有人刻意摹拟。清初文人，于明代士大夫的轶事，闻见较详。所以早期的这类笔记，如梁维枢的《玉剑尊闻》、吴肃公的《明语林》，都专辑明事。其他如章抚功的《汉世说》、李清的《女世说》、颜从乔的《僧世说》等，各就一类取材以立异，但并没有什么新内容。能够反映清代士大夫思想和生活面貌的，以《今世说》为较具代表性。

---

① 如《淞滨琐话》卷一的“徐麟士”仿唐传奇《灵应传》，“药娘”仿《聊斋志异》的“香玉”，虽略加变化，摹拟的痕迹还是很明显，此类尚多，兹不备举。

《今世说》，王晫撰，八卷，有康熙二十二年自序。通行的是《粤雅堂丛书》、《清代笔记丛刊》等本。1957年中华书局的排印本，即据《粤雅堂丛书》本标点。

这部书所记都是顺治、康熙两朝和作者同时的文士的言行，故称《今世说》。体例全仿《世说新语》，门类亦从其旧，只删去了自新、黜免、俭啬、谗险、纰漏、仇隙六类，意在“引长盖短”（见《例言》），恐怕因贬辞而开罪于人。

王晫交游很广，文笔亦工。本书内容，皆就见闻所及而辑录，从汪琬的《说铃》、陆圻的《西陵新语》中采取的材料尤多，可藉以了解清初的掌故、文风和一般名士的动态。作者列叙时人，都自加小注，录其略历，也能使读者附带知道这些人的生平。兹抄“方正”门的一条为例：

孙豹人应召入都，初以老病辞，不许。既将还籍，复有年老授衔之命。吏部集验于庭，孙独卧不往。旋受敦促，乃徐入逡巡。主爵者望见其须眉皆白，引之使前曰：“君老矣！”孙直对曰：“未也，我年四十时即若此。且我前以老求免试，公必以为壮；今我不欲以老得官，公又以为老，何也？”众皆目笑其愚，孙固自若。

孙名枝蔚，陕西三原人。身长八尺，声如洪钟，庞眉

广颖，以诗名天下。（“孙名枝蔚”以下是小注）

这一条故事，由侧面反映了清初统治者对知识分子的笼络。叙述简洁而生动，描摹一个直率人的口吻，颇为逼肖。足见这部书内容有可取之处，文字技巧也达到了一定的水平。只是书中亦多宣扬封建道德，对所叙诸人，往往赞扬过分。如引孙治的话，说顾祖禹的《读史方舆纪要》一书“若长河亘天，珠囊照地”，“真人间所未有”（“文学”门）；引申凫盟的话，表示钦仰周亮工，说“未晤栎园，未睹沧海，自是生平两阙”（“企羡”门）。这类溢美之辞，显示出明末清初士大夫互相标榜以博取声誉的积习。作者还把自己的事写入书内，并自我吹嘘说：“王丹麓博学擅才藻，一时名声满江左”（“文学”门），令人十分肉麻。其“伤逝”门记王丹麓因幼子早殇而哀恸，照《世说新语·伤逝》的“王戎丧儿万子”一条套出，更是矫揉造作[①]。

---

①《世说新语·伤逝》：“王戎丧儿万子，山简往省之。王悲不自胜。简曰：‘孩抱中物，何至于此？’王曰：‘圣人忘情，最下不及情，情之所钟，正在我辈。’简服其言，更为之恸。”《今世说·伤逝》：“王丹麓有三子，幼子小能，最钟爱，六岁早殇，王大哀恸。或谓太过。王曰：‘佳者不存，存者又不能佳，吾目未丧，方自愧不及情，君乃谓太过耶？’言罢，复益欷歔。”把这两条对照一看，就可以看出《今世说》是套《世说新语》的了。

清初《世说新语》式的轶事小说，大致就是这样。至于晚出的作品，如同治、光绪间高承勋的《豪谱》，专辑各类所谓“豪气”的故事；徐士銮的《宋艳》，专辑南北宋婢妾、娼妓的故事。虽也仿《世说新语》，而末流愈下，庸俗无聊，已是一种低级趣味了。

道光、咸丰以后，还有一些笔记，如阙名的《伊园漫录》、毛祥麟的《墨余录》、淮阴百一居士的《壶天录》、程趾祥的《此中人语》、吴沃尧的《趼厘随笔》等书，虽属小说一类，而所载时事、琐闻，几乎占着一半，包含着不少史料。像《伊园漫录》的“梨花雪”一条，反映清兵攻陷太平天国首都南京后的残杀；“同仁堂”一条，记北京老药铺的经营；《墨余录》卷一“拐儿挖目”一条，记有关照相的谣言；卷三记西医治病之动手术；《趼厘随笔》的“烟鬼”一条记鸦片烟的毒害等等，足见这类笔记中有多方面的材料，可供研究晚清政治、经济与社会情况者作参考。《壶天录》卷上记饮荷兰水（指汽水）一条，卷中记德律风（指电话）、马割风（指扩音器）等物一条，又显示了晚清和外国通商以来一般文人对欧西物质文明的惊异。这里摘引如下：

冬日饮汤，夏日饮水，人皆遵而行之，然亦只取其暖与凉耳，于理气一事茫如也。西人春饮荷兰水及同类甜水，有某者曾一饮之，胸膈中顿有清气勃勃，探喉而出。诘之，则水中实纳有生气所谓卡朋气者，故奏效甚神也。

西人所制之物，皆极奇巧，自创自鸣钟而后，争奇斗胜，靡一而足，游其肆者，目眩心迷，十色五光，莫穷其妙。如所谓显微镜者，则视小可以使大；千里镜者，则视远可以使近焉。此人所共知者也。乃有传语之器，名曰德律风，以线端向耳边听所传之语，一一不爽。现在美国纽约城设一公司，商人家帐房各设一具，其总线则在公司处。如各商欲与银行行栈传信，先向线端报知公司，将此处之线与别家线头牢牢接定，彼此各在线端问答，如同面语。虽十余里之外，皆可听得明白，较之电线，尤觉便捷也。又有一物，名为马割风，则听小可以使大。如微风吹动一叶时，以此听之，俨如万木战秋也；蜜蜂掇采细蕊，以此听之，俨如万马食刍也；肤革中之血，流行不息，以此听之，俨如万派潮回也。举凡前人所未曾闻者，皆能入于耳而会于心；即小而极之流光所过，亦听之有声……

这些描述，今天看来，觉得很可笑，其“肤革中之血”云云，又好像把听诊器与扩音器混为一谈了。可见当时一般人对这些东西是多么感到新鲜，认为不可理解。

总起来说，清代的志怪传奇集，以《聊斋志异》成就为最高，而其支派有的堕落为色情、淫秽的下流作品。《阅微草堂笔记》亦能独树一帜，而其末流则内容贫乏、千篇一律，完全变成了“善书”式的劝惩工具。摹《世说新语》的轶事小说，不免矫揉造作，标榜声气，比明朝人作得更加过火。兼载时事的小说集，有价值的部分不在于那些谈科场报应、河神显灵和金刚咒灵验之类的老一套故事，而在于那些能表现社会面貌的新闻。这类小说集，已和一般记历史琐闻的笔记没有很大的区别了。

第二节　历史琐闻类的笔记

《池北偶谈》、《啸亭杂录》、《帝京岁时纪胜》及其他

清代历史琐闻类的笔记，有的以谈文艺、掌故为重点，偶及考辨；间杂着大量的神怪故事，带着较浓厚的小说色彩，如《池北偶谈》、《觚剩》等等。有的辑录一种内

容，如《东城杂记》之叙杭州东城的旧闻，《帝京岁时纪胜》之记北京岁时风物，都较为专门。数量最多的则是随笔杂记之类，如《筠廊偶笔》、《无事为福斋随笔》等等，内容零星琐屑，不免芜杂。一般说来，清人笔记谈明以前掌故的，多陈陈相因，殊乏新异；滥收无聊的故事和诗词，亦为通病；可取的还是叙当时见闻经历的部分。这里先介绍《池北偶谈》、《坚瓠集》、《觚剩》和《梦厂杂著》等几部著名的丛著性质的笔记。

《池北偶谈》，王士禛撰，计“谈故”四卷、“谈献”六卷、“谈艺”九卷、“谈异”七卷，共二十六卷，有康熙辛未自序。通行的为《清代笔记丛刊》、《笔记小说大观》等本。

本书的“谈故”和“谈献”两门，着重记叙清代的典制、科甲与明清名臣的言行；偶谈古制，论古人。如“谈故”的“巡方”一条，记顺治时用部主事及中书舍人、行人、评事、博士等官，假监察御史衔，巡按各直省；差竣由都察院考核成绩，最佳者得内升五品京堂，其余的仍旧回任本职，不真授御史。可藉以了解清初任命巡按的制度。“谈献”记傅山父子的故事和明崇祯时五十个宰相的姓名，也是足供参考的文献。“谈艺”门评论诗文、采录佳句，保存了许多明末清初有关文艺的材料。如“粤风续九”一条，记康熙时吴淇所辑粤中民歌，为南朝乐府《子夜歌》一类的作品，即具研究价值。又“石鼓诗”一条，谓唐韩愈的《石鼓歌》比杜甫的《李潮八分小篆歌》好；“坡诗”一条，说宋苏轼送苏伯固的五言诗像生查子词。可见作者确实懂诗，评论中肯。但“谈艺”这一部分所述，亦不免有误。如“表语本乐天诗”一条，谓“沉舟侧畔千帆过，病树前头万木春”一联为白居易诗，实乃刘禹锡句；“前辈墨迹”一条谓“我与何曾同一饱，不知何苦食鸡豚”一绝为李西涯诗，实乃宋苏轼作。这里前者是记忆的错误，后者是由于王士禛论诗宗唐，读宋诗少所造成的知识上的缺陷。

《池北偶谈》的“谈异”一门，专记怪异，有的故事情节和其他笔记相出入。如“林四娘”一条，与《聊斋志异》所写大致相同；“剑侠”一条，也和《聊斋志异》的“王者”为一个传说。这些内容，并没什么价值，只是其中间杂的小考据，偶有可取。

《坚瓠集》，褚人获撰，一至十集，每集四卷。又有续集四卷，广集、补卷、秘集、余集各六卷。全书共六十八卷。第一集卷首有康熙乙亥年孙致弥所撰总序，其余诸集亦各有序。通行的也是《清代笔记丛刊》、《笔记小说大观》等本。

这部书于古今典制、人物事迹、诗词、艺术以及社会琐闻、诙谐、戏谑，无不记录，尤以明清轶事为多。如唐伯虎（寅）佣书获配秋香事，明代即已盛传，小说戏剧，多加演饰。本书记伯虎在吴门船中饮酒，学士华察和他订交共酌，华家小姬隔帘窥之而笑，亦为清初流传与“三笑”故事有关的一说（四集卷四“唐六如”）[①]。其志吴门重视冬至节，互赠物品，谓之肥冬瘦年（首集卷一“吴门风俗”）；除夕燃灯守岁，诸行罢市邀饮；记市井交易地区的异名，谓南方称牙行，北方称集，岭南称虚，南昌称亥；记人家门口立石刻字曰“石敢当”的由来等等（四集卷三“市名”、“石敢当”），都足供研究民俗或语词者作参考。又谈土产的一条说云南大理府出石屏，河南出麻菰、线香，做官的取为礼品，因而使老百姓遭殃（三集卷一“土产”），也是有意义的记载。《坚瓠集》中的材料，以这一类的为最可取。至于论诗词、文艺的，则并没什么高明的见解；讲掌故、考证的，又大量因袭前人笔记的内容；书内还间杂着许多琐屑无聊的事情。采辑较广，但博而不精，这又不只是这一部笔记的毛病了。

---

① 按唐寅年长于华察二十余岁，华察于嘉靖五年（1526）中进士，唐寅于嘉靖二年（1523）卒。《坚瓠集》此条谓华察为学士与唐寅订交，传说附会，显违史实。

《觚剩》，钮琇撰，计“吴觚”三卷，“燕觚”、“豫觚”、“秦觚”各一卷，“粤觚”二卷，共八卷。有康熙庚辰自序。又续编分“言觚”、“人觚”、“事觚”、“物觚”各一卷，有康熙壬午自序。通行的是《古今说部丛书》、《清代笔记丛刊》本和大达图书供应社的排印本。

这部书所记，主要是诗文和杂事，有明末清初的史料。其“布囊焚余”一条，记明末张元著因抗清失败而被杀，保存了他流传民间的一些表现爱国思想的诗篇。“虎林军营唱和”一条，叙吴炎与潘柽章二人在康熙癸卯年二月因为文字株连而被捕，囚系虎林军营，同年五月被寸磔死，同死的有二百余人。可见清初文字狱的恐怖。“术者言”一条述及顺治元年清兵在吴中焚戮之惨，亦为事实（以上各例均见“吴觚”）。比起《池北偶谈》、《坚觚集》等书来，《觚剩》的记叙可算是相当大胆的了。

《觚剩》记载的清初故事、传说，有不少可供参考的材料。如“圆圆”一条记吴三桂与陈圆圆遇合始末，附录吴伟业所作《圆圆曲》（“燕觚”）；“河东君”一条，记钱谦益与柳如是遇合始末和两人的诗句（“吴觚”），即均有关掌故。其“雪遘”一条，记查伊璜于雪天结识吴六奇的经过（“粤觚”），可与《聊斋志异》的“大力将军”的故事相参照；“英雄举动”一条，写明熊廷弼轶闻，谈到冯梦龙因编“挂枝儿”曲子，触怒当道，赖熊廷弼救护免祸（“人觚”），为后来介绍冯梦龙经历者所引用。另外像考证石经、解说鸟名（“秦觚”的“石经”和“水鸦儿”），谈广东话的语音、文字（“粤觚”的“语字之异”和“人觚”的“亚䰟成神”），记《正字通》的作者（“粤觚”的“著书三家”）等等，也各有一些用处。

《梦厂杂著》，俞蛟撰，十卷。内容丰富，文字清新，是一部很好的笔记。其中分“春明丛说”、“乡曲枝辞”、“游踪选胜”、“临清寇略”、“读画闲评”、“齐东妄言”、“潮嘉风月”七个部分。有嘉庆六年自序。原有嘉庆和道光间所刻巾箱本，现不易见。通行的是大达图书供应社的排印本。

俞蛟是山阴人，乾隆嘉庆间曾在南北各地做幕客，见闻很广，且工文笔，善绘画。这部书所记，有许多是他自己的经历之谈。“游踪选胜”写到桂林的七星岩、扬州的平山堂、杭州的灵隐寺、南昌的滕王阁、北京的万柳堂等地的游踪，描摹景物，相当生动，可藉以了解乾嘉时这些名胜的情况。其“岩里记”一篇，文字尤妙，录之于下：

吾乡出五云门，由皋埠陆行二十里，地名岩里，凡生长山阴者，未之或知焉。其山之深，林之密，顾名思义，可想见矣。戊子秋，许子兰谷，言子孝思及余，皆竹杖芒鞋而往。山虽层叠，高不过三四仞；惟石径千纡万折，杂树藤萝，扶苏滃郁；白云若飞絮萦绕，间以烟岚，轻笼淡抹；野鸟喧喧，似讶客之何来者。许子曰："此中风景，不异桃源。"居人数十家，高阳半之，避明季乱，徙居于此。复行数里，有岭横于前，水声潺潺，攀附而上，至其颠，则万壑涛声起足下，聒耳嘈杂；三人问答，语不可闻。望之，崇山环抱，非复人间，是岭殆岩里之锁钥欤？譬诸长江大河，必有隘处束其源，然后一泻而畅，其湍湃汪洋之势，行文者必纡徐往复，逐层顿跌，而后纵笔出其诡丽宏杰之辞。余于是岭而叹造物之于山川丘壑位置得宜如此也！许子与余，俱足力不胜，小憩岭头。言子时年六十，独扶筇先进，余曰："矍铄哉，是翁也！"少顷，有大声疾呼，岩谷皆震，则言子拄杖相招也。至则男女老幼，出而聚观，衣冠朴野。许子族人，握手劳问，杀鸡作黍。次日，越陌度阡，低徊瞻眺：屋皆茅茨，以卵石叠墙，疏窗面岭，草阁梯云；溪流虢虢，绕渠穿陇，清鉴毛发。沃野可耕，即以诸壑为灌。一老人谓予曰："余居此凡四世，路不拾遗，夜不闭户。野田千顷，从无旱潦之患。敝乡可以夸美者，惟此而已。”……

此文风格，雅近六朝，刻画幽深之境，颇能引人入胜。其中论文数语，亦有见地，足以显示作者的文学修养。

书内的“读画闲评”记叙清代名画家闵贞、童钰、余集、潘恭寿、王三锡、方薰、奚冈、罗聘等人言行，各具特点，能使读者想见其生平，评画亦多中肯。这一部分是可作画史读的。北京广渠门内夕照寺，旧有清人五棵大松树画壁，久负盛名。1935年夏北京名画家祁井西先生（崑）曾以五松画壁照片见示，虽笔墨漫漶，而盘拿飞动，精彩焕发，确为杰作，但当时不知出于谁手。不久，读了此书“读画闲评”中的“陈寿山传”，始悉为乾隆嘉庆间陈寿山画，俞蛻说寿山笔多匠气，弗为艺苑所重；独夕照五松，离奇夭矫，苍翠浓郁，恍闻谡谡涛声起檐际，如置身千岩万壑间。又记寺僧之言曰：

寿山作画时，值长夏，解衣裸体，酌巨觥连饮，磨墨贮瓦瓯，睥睨久之，然后累几而上，皴擦勾斫，飒飒有声。晌午，天大雨倾注，若黄河乍泻，千珠万珠，跳掷阶下，庭水积尺许。雨霁而画毕，夕阳若在高春也。

描绘殊有声色！今画壁已不存，照片亦难再见，寿山之名，仅赖梦厂此书及李慈铭日记等所述以传。

乾隆年间，俞蛟曾做客于山东临清，正赶上清水教王伦领导起义，“临清寇略”所记就是这事。其中虽对林清和起义群众大肆诬蔑、诋毁，却详细地叙述了由起义到被清兵镇压而失败的经过，具有史料价值。其“春明丛说”、“乡曲枝辞”、“齐东妄言”三章，皆写神怪迷信和侠客异人等的故事。“春明丛说”所叙以涉及北京的为多。如“白云观遇仙记”写北京人于正月十五日至西便门外白云观进香求仙，“五哥庙记”写北京人至彰仪门外五哥庙借庙中纸锭以求发财，即反映出北京旧时迷信的风气①。“潮嘉风月”记广东潮州一带船妓等事，也有部分内容可作研究当时社会面貌的参考材料。

---

①北京旧时传说每年正月十九日有真仙下降于白云观，混迹人群之中，以度有缘之人。所以迷信神仙的，多在这一天去白云观烧香，希望遇仙。又广安门外六里桥附近有五显财神庙，北京迷信的人于每年正月初二去这庙里烧香，以求发财，按照自己所求的数目，把神案上的金银纸锭取回，叫做“借”；次年加倍制纸锭送往庙里，叫做“还”。一借一还，都要付给香资；于是庙里的人，大发其财。所谓白云观降仙、财神庙借宝，实际就是道士、庙祝等人敛财骗人的把戏。俞蛟所说五哥庙，即指这个五显财神庙。

上述的四种笔记，《池北偶谈》以谈清代士大夫轶闻和文艺见长，《坚瓠集》以记杂事见长，《觚剩》所辑录的诗文、故事多具史料价值，《梦厂杂著》叙述名胜、民俗、画家、传说等等，内容不同于一般笔记，各有一定的代表性。其他如王士禛的《居易录》、《香祖笔记》、《古夫于亭杂录》，大致和《池北偶谈》相近，而较偏重于议论、考证。乾隆间阮葵生的《茶余客话》，道光、咸丰间钱泳的《履园丛话》，梁章钜的《归田琐记》，陆以湉的《冷庐杂识》和同治、光绪间梁绍壬的《两般秋雨庵随笔》，邹弢的《三借庐笔谈》等书，也是较著名的丛著杂纂一类的笔记。《履园丛话》谈书画、碑帖的部分较精，《冷庐杂识》谈语文、史学、字书的条目有可取，《茶余客话》、《归田琐记》与《两般秋雨庵随笔》，大致像《坚瓠集》。《三借庐笔谈》中则已有了关于轮船的记载，邹弢在本书卷一的"轮船考"中述及自乾隆以来，英、美、德、法、意诸国造轮船的种种变革，谓铁甲战船创于咸丰五年英法合攻俄国时，铁厚四寸半，既而英德相继创造，遂有水雷船、冲船、炮台轮等名目。其铁甲船之最强者为意大利，先后所造三艘，炮巨船坚，他国莫及；而战船为数之多，以法兰西为最，故能到处称雄。对各国的坚甲利兵，作者惊叹之余，不禁感慨地说：穷兵黩武，本非王道所宜，然时势迁流，已成战局，徒侈口于三皇五帝，是不能和外国争雄的。这表明同、光以后的文人，受到国际现实的刺激，从闭关自守的小天地中觉醒，已有发奋图强的想法了。而晚出的这类笔记多述时事，也是内容方面的一个变化。

对清代的掌故、仪制，各笔记皆有记述及。如王士禛的《居易录》、姚元之的《竹叶亭杂记》、沈初的《西清笔记》、徐锡麟的《熙朝新语》、梁章钜的《南省公余录》等，都于此较详。但这些书，所谈的方面还不够广，其中记载这类内容更完备一些的是《啸亭杂录》。

《啸亭杂录》，清嘉庆时礼亲王昭梿撰。今本十卷，续录三卷，系经过后人删订的。正集有光绪六年耀年序，通行的为《申报馆丛书续集》、《说库》、《笔记小说大观外集》等本。

昭梿于清初的掌故、仪制，相当熟悉。他所记叙的，多亲身经历见闻，间载琐闻轶事，大半确实可靠。如卷二记清初官名和汉军八旗的设置，卷六述銮仪卫的职务，卷八叙内务府的定制，卷九谈满洲嫁娶礼仪，都非常详细，可为考史的佐证。其述銮仪卫的一条，指出这一官署，虽沿明制，而不再兼管缉捕和侦探，与明代不同，也足藉以了解清代官制的某些变革。卷七记木兰行围，又使读者能很具体地知道清代皇帝在承德打猎的制度和情况。

《啸亭杂录》不仅于清初仪制，叙述甚详，其他记载，亦多史料。如卷六叙述嘉庆时白莲教林清、李文成等起义群众攻入清宫、占据滑县的始末，写出了清朝统治阶级的惊慌、狼狈，连嘉庆帝本人都不禁怀念以往的“强盛”，而慨叹当日的衰弱。可见这次起义虽未成功，对清朝统治者的打击仍是很沉重的。尽管作者站在统治阶级的立场说话，亦未能掩盖事实的真相。

另外如卷一记雍正时广泛利用特务，侦察宗室和大臣的活动，甚至大臣夜晚玩纸牌，皇帝全能知道；卷八记嘉庆时一个工部书吏私造假印，骗取国币达数十万两，竟长久没被发觉，这也反映出了清代的政治面貌。总的来说，《啸亭杂录》是一部值得重视的史料笔记。文字朴素，不涉神怪，也是它的优点。

记载都市地理、景物、掌故、习俗的笔记，如宋代的《东京梦华录》、《都城纪胜》等和明代刘侗的《帝京景物略》，全很著名，而数量不多，以清人在这方面的著述最为丰富。由于北京建都一千余年，历史悠久，所以只写北京一地的笔记，就多种多样，颇有可观。清初孙承泽的《天府广记》和《春明梦余录》两书，采辑甚博。前者是专门的地方志，后者介乎地方志、职官志和故事集之间，亦近于专著。朱彝尊的《日下旧闻》也是《三辅黄图》一类的作品，都并非我们要介绍的笔记。大致说来，乾隆、嘉庆时这种笔记约分二类：一类兼载古迹、掌故、轶事、诗文，如《藤阴杂记》；一类只叙岁时风物，如《帝京岁时纪胜》。后出之作，内容即有变化。

《藤阴杂记》，戴璐撰，十二卷，有嘉庆丙辰自序。通行的是《说库》和《北京历史风土丛书》本。

这部书前四卷杂记清代的掌故、琐闻，后八卷分五城（中城、南城、东城、西城、北城）和郊外，记北京的街市、园林、居宅、寺观以及戏馆，偶谈一些风俗习惯。作者在自序内指出凡是《旧闻考》和《宸垣识略》已载的内容，皆不列入①。其中大部分都结合文士的交游、聚散、吟咏等等来叙述，带有诗话的意味，保存康熙、乾隆间人唱和之作甚多。这里引录卷七“西城”上的两条如下：

孔东塘（尚任）《燕台杂兴》云：“弹铗归来抱膝吟，侯门今似海门深。御车埽径皆多事，只向慈仁寺里

① 《旧闻考》指《日下旧闻考》，系清乾隆时所修官书，即据朱彝尊的《日下旧闻》增补而成。《宸垣识略》，清吴长元撰，内容主要是采辑《日下旧闻》和《日下旧闻考》两书的纲要，也有作者的补充。

寻。”自注：“渔洋龙门高峻，人不易见，每于慈仁寺庙市购书，乃得一瞻颜色。”故《古夫于亭杂录》云：“昔有士欲谒余，不见，以告昆山徐司寇。司寇教以每月三五于慈仁书摊候之，已而果然。”

慈仁庙市久废，前岁复兴，未几仍止。盖百货全资城中大户。寺距城远，鲜有至者。国初诸大第宅，皆在城西，往游甚便。自地震后，六十年来，荒凉已极。近惟崇效、法源二寺，春日看花，余寺无问津者矣。若归义、紫金，不能举其名也。

这两条叙述，使我们知道北京的庙市集会除去隆福寺、护国寺、土地庙等处而外，还有西城的慈仁寺，每逢三、五开市，和厂甸一样设有书摊。作者以诗话的形式，谈了有关的掌故，并分析了这个庙会废止的原因，为研究北京庙会的兴衰提供了史料。其记北京的戏馆，谓以太平园、四宜园为最久，是康熙时的酒园；其次有查家楼、月明楼等，均在前门左右。后来查家楼改名“广和”，其余亦均改名，庆乐、中和似即其故址（卷五）；又有方壶斋、蓬莱轩、升平轩，也很著名。至嘉庆时俱废，唯方壶斋屡易新名，而大家仍用旧称（卷九）。书内还提到从乾隆庚子以后秦腔盛行，而原来兴盛的京腔六大班伶人失业，争入秦班（卷五）。这些记叙，可供写戏剧史的人作参考。

另外像记金鱼池精忠庙的一条，谈到庙中用土塑秦桧，仿照火判的形状，用煤炭来烧，叫做“烧秦桧”，作为灯节烟火的一种。并附录咏火判的诗（卷五），描述非常生动，可使人具体了解烧火判的情景，这是一般讲北京风土的书都未详叙的。

《藤阴杂记》确有一些他书不载的材料。要考察康熙、乾隆、嘉庆三朝的掌故、古迹、名士的寓所、会馆的设置以及一般的社会风习等等，都可以试查此书。

《帝京岁时纪胜》，潘荣陛撰，一卷，有乾隆二十三年自序。旧时通行的是《北平史迹丛书》本，现在北京出版社据此本校改排印，并把光绪时富察敦崇所撰的《燕京岁时记》合印在一起。

《帝京岁时纪胜》专记北京四季的风土景物，自正月至腊月，分月叙述有关北京习俗、游览、物产、技艺与饮食爱好等方面的事情。如上元张灯，燕九（正月十九日）逛白云观，三月游蟠桃宫和东岳庙，四月逛药王庙，八月中秋吃月饼，九月重阳吃花糕，腊月八日喝果粥以及斗蛐蛐、溜冰等等，全带有季节性。可见这部书重点在于谈岁时民俗。兹录其“端阳”一条原文如下：

> 五月朔，家家悬硃符，插蒲龙、艾虎，窗牖贴红纸吉祥葫芦。幼女剪彩叠福，用软帛缉逢老健人、角黍、蒜头、五毒、老虎等式，抽作大红硃雄葫芦，小儿佩之，宜夏避恶。家堂奉祀，蔬供米粽之外，果品则红樱桃、黑桑葚、文官果、八达杏。午前细切蒲根，伴以雄黄，曝而浸酒。饮余则涂抹儿童面颊耳鼻，并挥洒床帐间，以避虫毒。饰小女尽态极妍，已嫁之女亦各归宁，呼是日为女儿节。

按南朝梁宗懔的《荆楚岁时记》，已有五月五日在门上悬艾人以禳毒和用五彩丝系臂的记载；《帝京岁时纪胜》所叙端阳风物，正是这种古老习俗的发展。这类书反映出了清代北京社会生活的一部分，但其中间杂着涉及封建迷信的东西，所讲饮食、祭祀的种种阔气排场，只属于士大夫，并非广大劳动人民的习俗。

《燕京岁时记》和《帝京岁时纪胜》性质一样，而内容或详或略，可以互相补充。由于《燕京岁时记》成于清末，北京的社会情况、街市面貌等等，已与康熙、乾隆时不同，故所记和《帝京岁时纪胜》常有差异。如《帝京岁时纪胜》的“琉璃厂店”一条以窑厂为游览中心，而《燕京岁时记》写“厂甸儿”则只提街上店肆的古玩、书画和火神庙的珠宝等等，现将两书所叙对引如下：

琉璃厂在正阳门外之西。厂制东三门，西一门，街长里许，中有石桥。桥西北为公廨。东北楼门上为瞻云阁，即窑厂之正门也。厂内官署、作房、神祠之外，地基宏敞，树林茂密，浓阴万态，烟水一泓。度石梁而西，有土阜高数十仞，可以登临眺远。门外隙地，博戏聚焉。每于新正元旦至十六日，百货云集，灯屏琉璃，万盏棚悬，玉轴牙签，千门联络，图书充栋，宝玩填街……

（《帝京岁时纪胜》）

厂甸在正阳门外二里许，古曰海王村，即今工部之琉璃厂也。街长二里许，廛肆林立，南北皆同。所售之物以古玩、字画、纸张、书帖为正宗，乃文人鉴赏之所也。惟至正月，自初一日起，列市半月。儿童玩好在厂甸。红货在火神庙，珠宝晶莹，鼎彝罗列；豪富之辈，日事搜求，冀得异宝……

（《燕京岁时记》）

《燕京岁时记》所叙厂甸儿一切，已和近代过春节时琉璃厂的情景相似。康、乾时的公廨、石桥、茂树、土阜以及烟水一泓，俱归乌有，不再成什么游览名区，只是以商业为中心的庙会了。以此两书对照来看，亦可藉以考知北京的坊巷变迁。

此外，如乾隆时汪启淑的《水曹清暇录》，道光时杨静亭的《都门杂记》，光绪时震钧的《天咫偶闻》等书，谈北京掌故、风物，都较可取。唯《水曹清暇录》前后叙述，不免重复，疏舛稍多；《藤阴杂记》卷十记琉璃窑命案一条，即曾指出其中的错误。《天咫偶闻》分城记事，性质、体例，全与《藤阴杂记》相似；书虽晚出，而很少因袭；有些考证，还能纠正、补充前人笔记的内容①。《都门杂记》则不仅记叙北京掌故、市井人情以及官署、会馆等等，而且介绍了游览处所、商店物品，兼有导游和广告的作用，已很像后来的“游览指南”一类作品了。

---

① 如《藤阴杂记》卷八谓顾侠君（嗣立）小秀野草堂寓址莫考，《天咫偶闻》卷七据顾侠君文集考出堂在宣武门西边上斜街的三忠祠内。《藤阴杂记》四卷采《西河诗话》的说法，谓安定门西有祝家园；《天咫偶闻》卷六谓崇文门外板井胡同有祝姓，人称米祝，为明代巨商，其家园最有名；指出祝园不在安定门西。这两条考证，都是确实可靠的。

清代辑录各地文献、记叙社会风俗的笔记，还有很多。雍正间厉鹗的《东城杂记》和乾隆间李斗的《扬州画舫录》，是史料价值较高的两部著作。《东城杂记》叙述杭州古东城的名胜、古迹、琐闻轶事以及诗词、文献等等，足补《浙江通志》等地方志书之阙。《扬州画舫录》于扬州的城市、园林、商业、工艺、建筑和社会风俗的情况，作了相当具体的记载；对乾隆时的文献，叙述尤详；其中保存的有关画家、文士、戏剧、曲艺的材料，亦值得重视。另外像康熙时汪森的《粤西丛载》、陈祥裔的《蜀都碎事》，辑录广西、四川两处的地方掌故、风俗、文物等等方面的材料，都很广博；但多采掇旧籍，缺乏当时社会情况的叙述。《蜀都碎事》内容较为芜杂、琐碎，体例也不够完善。还有周亮工的《闽小记》，专记福建的故事、物产；顾铁卿的《清嘉录》，专记江苏的岁时风俗，皆具参考价值。鸦片战争以后的这类笔记，则以当时社会情况的描述为多。如王韬的《瀛壖杂志》、葛元煦的《沪游杂记》、畹香留梦室主的《淞南梦影录》等书的记叙上海杂事和社会风习，如张焘的《津门杂记》的记叙天津杂事和社会风习，都有许多确实的史料，能够反映当时的社会面貌。王韬在咸丰、同治间寓居上海，故记其沪上见闻，特别详细。《瀛壖杂志》所叙上海的地理、习俗、古迹、时事，范围极广，而以述时事的部分为最可贵。书中提到“通商条约”订立以后，西洋人可以任意出售上海北关外的土地，或者建屋筑园（卷一）；英、法、美诸国各占“租界”，随便经商传教，或设立印书局与跑马场（卷六）；甚至北郭外的菜圃，亦有西人经营（卷一）。这些记载，说明了当时中国丧失主权，沦为半殖民地的情况。卷一还谈及中外贸易说：

> 沪地百货阗集，中外贸易，惟凭通事一言，半皆粤人为之。顷刻间，赤手千金可致。西人所购者，以丝茶为大宗，其利最溥。其售于华者，呢布羽毛等物，消亦不细。近年惟以货抵货，而华民无利益。其片芥一物，累箱捆载而来者，皆毒痡中原、吸膏敲髓也。民生凋敝，财力耗蠹，此其一端。

帝国主义者对中国进行经济侵略，并用大量的鸦片（片芥）毒害中国人民，本书的作者看出了这一点，所以有“吸膏敲髓”的慨叹。另外如记清政府在上海城南设制造局，制造轮船机器；在陈家港设火箭分厂，在龙华设火药局，制造武器火药（卷三）以及有关沪上城市、园林、海运、风俗、文艺等多方面的材料，都可供参考。《津门杂记》包括天津各种史料的情况，也和《瀛壖杂志》相似。如卷上的“古迹”一门，叙天津的掌故、地理即多有可取。其“七十二沽说”考七十二沽之在天津者，实仅二十一沽，为丁字沽、西沽、东沽（今名窑洼）、三汊沽、小直沽、大直沽、贾家沽、邢家沽、咸水沽、葛沽、唐沽、草头沽、桃源沽、盘沽、四里沽、邓善沽、赦家沽、东泥沽、中泥沽、西泥沽、大沽，其余各沽则在宝坻、宁河两县境内。卷上又记“盐坨”云：“天津产盐甚富，上裕饷需，下应民食，直豫两省一百八十余州县皆赖之。盐由海滩运津，堆积之地在河东，名曰盐坨。盐包累累如山，呼曰盐坞，地占数里，一望无际。”天津之以盐业著称，亦于此可见。

除去上述各种史料笔记之外，其他辑录一类内容的著作，如刘体仁的《七颂堂识小录》、阮元的《石渠随笔》等专谈书画、碑帖，尚有所长。像郎廷极的《胜饮编》，汇编饮酒的故事，近于文字游戏，即无足取。另外如张潮的《虞初新志》、郑澍的《虞初续志》和俞樾的《荟蕞编》等书，从明清人的文集与笔记中抄录原文，加以排比，只是故事选集，不是个人的笔记，就更不在本书介绍之列。至于随笔杂记一类，如刘献廷的《广阳杂记》、宋荦的《筠廊偶笔》、王应奎的《柳南随笔》、韩泰华的《无事为福斋随笔》与黄钧宰的《金壶七墨》等等，数量极多，内容甚杂，从中取材，须下较大的工夫来审定选择。还有值得注意的是一般以记叙为主的笔记，像陈其元的《庸闲斋笔记》、薛福成的《庸庵笔记》，记道光、咸丰以来史事，颇有可采。而前者侈谈风水，大讲门阀，谄谀当世显贵，宣扬宿命因果，连篇累牍，令人生厌；后者则间杂着大量荒唐迷信的传说，叙及史实，又多从美化统治阶级、诋毁起义人民的立场出发，一事之中，往往真伪参半，须细加辨别。清代这类笔记的通病由《庸闲斋笔记》和《庸庵笔记》这两部书中是可以看出来的。

第三节　考据辨证类的笔记

《日知录》、《十驾斋养新录》、《天禄识余》及其他

清代考据辨证类的笔记是很多的，自清初至清末，作者不绝。清初顾炎武撰《日知录》，结合经史的探讨，来讲“经世治国”之学，还不是专门要搞考证；一般文人偶谈掌故、训诂，也并非有意以此做什么学问。乾嘉以来，才形成所谓考据之学，着重通过文字、音韵，以疏通经义。道光之后的学者，更扩大了考证的范围，致力于多方面的研究；后出的笔记，常

常指摘前人著作中的错误和疏漏。这些考辨的笔记，对古籍内容文字等等，固然有所发明，但同时存在着为考据而考据的倾向，不免流于烦琐。大致说来，它们可以分为三类：一类是综合性的丛考杂辨，如《日知录》、《陔余丛考》等；一类是偏重于经史训诂等方面考证的札记，如《十驾斋养新录》、《札樸》等；一类是一般的琐谈杂论，如《天禄识余》、《渌水亭杂识》等。清代学术研究的部分情况，在这三类笔记中都有所反映。这里各举几种有代表性的笔记来介绍，先谈丛考杂辨类的《日知录》、《陔余丛考》等书。

《日知录》，顾炎武撰，三十二卷。刊行于康熙三十四年，有作者的简短自记和他的门生潘耒的序。道光间黄汝成曾采清代各学者的说法，为这部书作注，叫做《日知录集释》。现在通行的商务印书馆《国学基本丛书》本《日知录》，就是黄氏的集释本，有《刊误》和《续刊误》各二卷，亦为黄氏所撰；后附《日知录之余》四卷，乃后人辑顾炎武著作的遗佚而成。

顾炎武是明末清初的大儒，学问渊博，见识通达。《日知录》是他积累三十多年的笔记，于经史、诗文、训诂、名物、典章制度、天文、地理以及吏治、杂事，无所不谈；许多条目，全都原原本本，考证详明。如卷二十三的“座主门生”

一条，提到唐代进士，以主考为座主，而自称门生，自中唐以后，遂有朋党之祸。列举唐宋史实，证明其说，并指出明代主考与进士，公然称座师、门生，朋党之祸，也不减于唐时。这就不仅是一种考证，而兼寓针砭时弊的意思。卷十九“文章繁简”中说：

> 辞主乎达，不论其繁与简也。繁简之论兴，而文亡矣。《史记》之繁处，必胜于《汉书》之简处。《新唐书》之简也，不简于事而减于文，其所以病也。

作者认为写文章，应该以通达为主，不可故意简略其辞，使文意晦涩不明。像《新唐书》那样“其事则增于前，其文则省于旧”，正是它的疵病。这个说法，是很中肯的。此外如卷二十二述郡县、都、亭的沿革，卷二十四辨足下、阁下的称呼，也全本末详明，足供参考。卷二十一据《史记·武帝纪》，说明北周庾信《枯树赋》内“建章三月火”一句的不合事实：因为火烧的是柏梁台，不是建章宫；三月火不灭，是秦代的阿房宫，不是汉代故事。又据汉王逸《楚辞章句》指出隋于仲文诗“景差方入楚”一句中的“入楚”两字，表明梁陈以下文士注重辞章，不详典故；因为景差乃楚王同姓，是不能说“入楚”的。通过这两个例子，可见作者有多方面的知识，读书很细心。

《日知录》是一部价值较高的考证笔记，清人很重视它。除去黄汝成外，还有些人为它作校补、笺注，如李遇孙的《日知录续补正》、丁晏的《日知录校正》、俞樾的《日知录小笺》等，都是校注《日知录》的书。近人黄侃也撰有《日知录校记》一卷。李慈铭说《日知录》这部笔记“直括得一部《文献通考》，而俱能自出于《通考》之外”[①]。可见清人对它是多么推崇了。至于书内存在一些考证上的疏误，则数量很少，不算大毛病[②]。

《陔余丛考》，赵翼撰，四十三卷。有乾隆五十五年的作者小引和五十六年的吴锡麒序。现在通行的是商务印书馆据乾隆刻本断句排印的本子。

赵翼工诗能文，在乾隆间和袁枚、蒋士铨齐名，并称三家。不仅擅长辞章，兼精史学。《陔余丛考》是他从黔西罢

① 李慈铭语，见《越缦堂读书记》下册第1153页。

② 清阎若璩《潜邱札记》据《左传》和《国语》驳《日知录》卷四“有谥则不称字”一条说法的错误，引证确凿，可见顾炎武是疏忽了。但《潜邱札记》驳《日知录》的不过几十条，而且与顾炎武的论述，多互有短长，并非顾氏之说皆误。

官以后的读书笔记，谈经义、史学、掌故、艺文、纪年、官制、科举、风俗、名义、丧礼、器物、术数、神佛、称谓以及杂考，包括之广，不下于《日知录》。其中讲经义的，较为平常；论史学、掌故、典制、艺文的部分，为书内的精华。如谓《左传》叙事，对于一个人或用名，或用字，或用谥号，一篇之中，错见迭出。像“泌之战”叙述同一个荀林父，忽曰荀林父，忽曰桓子；同一个士会，忽曰士会，忽曰随武子，忽曰士季，他篇又称范武子，几乎使人不能识别。作者认为这只是一种文法，说它寓有褒贬之意，是错误的（卷二）。对于这一点，赵翼没有像别人那样，把《左传》的写法处处牵强附会，讲得很神秘，正是他高明的地方。赵翼还谈到了《三国志》记事的疏漏、讹舛，如谓《蜀志·关羽传》有将军傅士仁，《吴志·孙权传》和《吕蒙传》俱作“士仁”，这是一人姓名之互异。《魏志·武帝纪》记建安十三年冬孙权为刘备攻合肥，曹操派张熹往救，然后操至赤壁与刘备会战，不利退军。显然是救合肥在前，战赤壁在后。而《孙权传》则叙赤壁之战在前，合肥之围在后，这是一事始末之互异（卷六）。作者历考诸将的传，断定了《吴志》的记载是对的。由此两例，可见赵翼读书随事留心，善于分析史料，其他如说明宋齐梁陈魏周齐隋诸史和《南史》、《北史》写法的不同（卷六），根据《通鉴纲目》、《贞观政要》、《北梦琐言》等书，订正新旧《唐书》叙事的差异（卷十二），亦足以显示《陔余丛考》在提供史料线索和研究方法等方面，具有参考价值，能给人一些启发。

《陔余丛考》中关于风俗、名物的考辨，有许多条目，也能综贯各种引证，详述源流演变。如卷三十的“名帖”一条，谓古人通名，本用削木书字，汉时名帖称“谒”，后汉称“刺”。汉以后虽用纸，而仍相沿曰“刺”。六朝时名纸，只叫做“名”；唐时投刺，犹存削木遗式。至李德裕为相，投谒要写官衔，谓之门状。明刘瑾掌权时，百官门状，全用红纸；而谄媚张居正的，甚至以织锦为名帖，以大红绒为字。下及清顺治间，往来投刺之风尚盛。这条叙述，考证详明，洋洋一千余言，不仅说明了名帖的演变，而且反映出几代的社会风气，是有用的史料。另外杂考之类，如谓木棉布行于宋末元初（卷三十），摺扇起于宋金之际（卷三十三）以及八仙的传说（卷三十四）等等，亦可作为研究古代生产、文化和小说的佐证。

从总的方面说，《陔余丛考》可取的内容较多。但其中的议论，并不都很恰当。如谓陈寿撰《三国志》，于高贵乡公曹髦因讨司马昭而被杀一事，“略无一字，以见端倪”（卷六），即不大合乎实际。陈寿虽然因为在晋朝做官，有所顾忌，不敢记叙这事，但他在《高贵乡公纪》的“高贵乡公卒，年二十”一句话之后，附录皇太后诏令，大将军上奏，已经透露出事情的真相，使后代读者一望而知曹髦何以被杀。这样安排，可谓煞费苦心。赵翼忽略此点，而妄加指责，是不对的。

除去《日知录》和《陔余丛考》之外，像王鸣盛的《蛾术编》、俞正燮的《癸巳类稿》和《癸巳存稿》等，也是综合性从考杂辨的著名之作。《蛾术篇》八十二卷，分说录、说字、说地、说人、说物、说制、说集、说通八类，以论证经义、史地为主，旁及人物、制度、名物、诗文。由于作者长于史地之学，所以书中论史说地的部分，首先值得重视。其次谈小学的条目，亦时有新解。但就全书而论，存在的疏失是不少的。俞正燮是嘉庆道光间的学者，对经史子和医理、天文、佛经、道藏，都曾致力研究。因此，他的《癸巳类稿》和《癸巳存稿》（各十五卷）的论述范围，就较前人笔记更为广泛，而且征引丰富，考证细密，还反映出嘉道以来学风的某些转变，可见一般学者已注意到“经世致用”之学。至于像袁枚的《随园随笔》、梁章钜的《退庵随笔》之类，虽也较为著名，价值并不很大。袁枚于考据，非其所长，《随园随笔》论述的，大部分见于他书。《退庵随笔》内容亦乏新异，谈修身、养生、官常、政事、家礼等近于语录、训诫，宣扬封建道德的部分又居其大半，可取的东西就越发少了。

偏重于经史训诂等方面考证的笔记，早出的有和顾炎武同时的张尔岐《蒿庵闲话》二卷、阎若璩《潜邱札记》六卷。《蒿庵闲话》考辨“三礼”，解释名物，多有可取，顾炎武即曾引述其说[①]。《潜邱札记》论古地理的部分，多确实可信。稍后而较精的这类著作，当推《十驾斋养新录》、《札楼》、《读书杂志》等书。

《十驾斋养新录》，钱大昕撰，二十卷，有嘉庆四年自序。又有余录三卷，为以后续写。通行的是《潜研堂全书》、《四部备要》、《国学基本丛书》等本。

钱大昕于经学造诣很深，兼擅史学，通晓文字训诂，尤精音韵，故《十驾斋养新录》中所谈，以关于经义和文字训诂音韵等方面的内容为最可取。如论古无轻唇音，凡轻唇音皆读重唇，列举经史诸子和笺注以及字书、韵书来解释他的说法，引证极为丰富（卷五）。钱氏指出唐陆德明的《经典

① 如《日知录》卷十四的“丧礼主人不得升堂”一条，即引述了张尔岐的说法。

释文》误以“讯”和“谇”为一字（卷一），宋徐铉、徐锴兄弟误改《说文解字》的谐声字（卷四），都言之有据，足以校正古人的错误。他对于古时文字的通假关系，如“曰”与“聿”通（卷一）、“勉”与“俛”通（卷二）之类，多能考求音义，详举佐证，加以说明；还谈到《玉篇》引有《说文解字》的“新坿字”，足见今本《玉篇》既不是顾野王原本，亦非孙强增广的本子（卷十三）[①]。这些论述，对研究古汉语和字书，是有参考价值的。其他如考出宋代同姓名的有七十余人（卷十二），评介各地方志书多种，辩驳《涌幢小品》、《日知录》、《天禄识余》等书内容的疏误（卷十四），也显示了作者的熟悉史地、博览群书。

一般说来，《十驾斋养新录》还不如《困学纪闻》、《日知录》等书的渊博、丰富，但考证较为精密，也有些独到的见解，所以嘉庆、道光以来的学者皆给予很高的评价。

《札樸》，桂馥撰，计“温经”二卷、“览古”四卷、“匡谬”、“金石文字”、“乡里旧闻”、“滇游续笔”各一卷，共十卷。有嘉庆十八年段玉裁序和自序。作者谦称自己的著作内

---

① 关于《玉篇》的问题，可参阅刘叶秋著《中国古代的字典》第二章第二节中谈《玉篇》的部分，中华书局出版。

容琐碎，好比削牍弃掉的木皮，故名《札樸》。有嘉庆刊本和光绪间的《心矩斋丛书》本，现在通行的是商务印书馆据心矩斋本排印的本子。

桂馥是山东曲阜人，精于金石文字之学，善写隶书，兼工篆刻，撰有《说文义证》一书，博采古籍，以证释《说文解字》，是他毕生精力荟萃之作。《札樸》的“金石文字”、“乡里旧闻”、“滇游续笔”中对碑版的考订，即颇见所长。其他部分，也着重通过文字训诂来解说经史，考辨名物。如卷二“温经”的“贯三人耳”一条，根据《司马法》的“小罪、聅”和《说文解字》的“聅，军法以矢贯耳也”的解释，指出“贯耳”是一种军法，纠正了《左传》僖公二十七年的“鞭七人，贯三人耳”两句的《正义》以“耳”为助词的错误；“好勇斗狠”一条，根据《礼记·曲礼》郑玄注、《唐书·高丽传》、《资治通鉴》胡三省注，指出“斗狠”是“争讼”之义，纠正了《孟子·离娄》下“好勇斗狠，以危父母”两句的《正义》的以“斗狠”为“好争斗，好顽狠”的错误，这对理解古书的内容，有些帮助。卷三“览古”的“专辄”一条，引《颜氏家训》、《北史》、《南齐书》等，说明“专辄”一词在古代的特殊用法；卷七“匡谬”的“痡峭”一条，采《广韵》所引《字林》，谓“痡峭”当作“峬峭”，为“好形貌”。这对探讨古汉语词义，亦具参考价值。卷九“乡里旧闻”的“乡言正字”一条，辑录曲阜一带的许多方言俗字，又为研究山东方言的人提供了很好的资料。卷十“滇游续笔”的“打不死”一条，提到云南有一种形似马齿苋的草，拔之不死，得土复生，即《尔雅》所谓“卷施草”，则意在引古证今，考辨名物。

桂馥认为引用古书，应忠实于原文，不可改动和删节。他在卷七“匡谬”的“李善引书”一条中指责唐李善注《文选》，所引《仓颉篇》、《声类》、《字林》诸书，多依照《文选》俗字，并非本书原文，而《札樸》所引古书，则大都照录原文，这是本书的一个特点。桂馥的治学态度，较为谨严，亦于此可见。

《札樸》中也有许多引证或论述失当的地方，李慈铭即曾指出其十余条[①]。卷三“览古”的“蜀先主名字”一条，引《周礼·考工记》和《诗·终南》的传，说明五色至黑乃备，所以刘备字叫玄德，也是一种无聊的考证。卷九“乡里旧闻”的“鲸鱼”一条，据古籍的传说，谓鲸鱼死而彗星出，其目为明月珠，则反映了作者的缺乏科学常识。清代学者的考

① 见《越缦堂读书记》下册第1175—1181页。

证，仍然不免在故纸堆中兜圈子，有很大的局限性，由《札朴》里就看出来了。

此外，有王念孙的《读书杂志》，论《逸周书》、《战国策》、《史记》、《汉书》、《管子》、《晏子》、《墨子》、《荀子》、《淮南子》九部书，包括谈汉代碑版的“汉隶拾遗”，共为十题，在嘉庆十七年以后陆续刊行。道光十三年王念孙的儿子王引之又刻其遗稿为“余编”二卷，其中所谈为《后汉书》、《老子》、《庄子》、《吕氏春秋》、《韩子》、《法言》、《楚辞》和《文选》。现有商务印书馆的《国学基本丛书》本，把正编、余编排在一起，分十六册，合订三本。王念孙是乾嘉间著名的学者，精文字、声韵、训诂之学，所撰《广雅疏证》，有较高的学术价值；《读书杂志》于诸书文字讹误、音训异同，多所辨正，亦足资参考。还有嘉、道间成瓘的《篛园日札》八卷，谈论经史以及辞章、声韵、方术、杂家等方面的问题，也多可采择之处。此书在作者生前并未刊刻，1931年始由其族人石印，1958年经商务印书馆排印出版。光绪间曲园老人（俞樾）之《俞楼杂纂》、《曲园杂纂》两部笔记，则记事、议论、考证、校订无所不包，虽出绪余，实多精解。李慈铭于其贯串经史，上下古今，亦甚钦佩，《越缦堂日记》中屡述及之。其他如宋翔凤的《过庭录》、叶廷琯的《吹网录》、张文虎的《舒艺堂随笔》、孙诒让的《札迻》等等，都是考证经史子集、论述文艺的笔记，各具所长，这里不能一一介绍了。

清人所撰琐谈杂论的笔记，如康熙时高士奇的《天禄识余》、纳兰容若的《渌水亭杂识》、程哲的《蓉槎蠡说》等书，辑录各种零星琐碎的小考证，兼载掌故、杂事，只是随笔一类的东西。高士奇和纳兰容若，虽善辞章，并不长于考据。《天禄识余》杂抄前人笔记的一章半节，而不注出处的很多；谈经史文字的，亦不免谬误。如卷上的“三商”一条云：“《周礼》漏下三商为昏。商音滴，苏易简文：三商而眠，高舂而起。《南史》：求衣昧旦，昃食高舂。”实际《仪礼·士昏礼》注中有“日入三商为昏”一语，“商”应读作“参商”之“商”，不是“商”字；高士奇以“商”为“商”，又误以《仪礼》注为《周礼》，且改作“漏下三商”，所以钱大昕讥笑他连《周礼》也没有读过[①]。可见这部笔记考证的粗疏。但其中所记杂事，尚有可取。如卷下的“剪柳”一条：

① 此说详见《十驾斋养新录》卷十四“天禄识余”。

永乐时，禁中有剪柳之戏。剪柳，即射柳也。以鹁鸽贮葫芦中，悬之柳上，弯弓射之。矢中葫芦，鸽辄飞出，以飞之高下为胜负。往往会于清明端午日，名为射柳。

这条记载，是有关古代风俗的材料，可与宋程大昌《演繁露》中的“躏柳”一条参看[①]。《渌水亭杂识》内谈诗文、掌故的部分，也多有可采。

《蓉槎蠡说》的作者程哲，字圣跂，别署蓉槎，为王渔洋（士禛）弟子，书共十二卷，取“以蠡测海”之意，自谦其所见细小。书前有康熙辛卯王士禛序，谓其书“虽于朝章国故，弗遑殚悉，殆所居之地使然。至于前言往行，大可供畜德之助，细亦可佐多识之功”。其中所谈确实以常识、掌故为多，藉史事以发议论者亦多。如卷五由《汉书·东方朔传》颜师古注谈起的一条云：

颜师古注，朔妻名细君。今泛称人妻，误矣。乌孙公主亦名细君。汉樊崇字细君，唐博士细君，则姓与名

① 见《学津讨原》本《演繁露》卷十三。

耳。今人不曾读书，随声附和。误不止此。妓女入宜春院曰内人，丧制未终夺情曰起复。今服阕云起复，呼妻为内人，可乎不可？

这类小考辨，足纠俗说之谬。又卷十二记明宣德铜炉的形制、品第、款识等等，颇为具体，并自附小注，尤极详明，可为鉴定宣炉之一助。可惜这部书比较罕见，我所看到的是原刻本，内封署“七略书堂藏版”。

其他笔记，如梁同书的《日贯斋涂说》、恽敬的《大云山房杂记》、叶廷琯的《鸥陂渔话》、虞兆隆的《天香楼偶得》等书，都大致和《天禄识余》、《渌水亭杂识》这两部笔记的性质相近。

清代各种类型笔记的概况，略如上述。在小说故事类的笔记中，《聊斋志异》融会志怪、传奇两体，显示了卓越的成就；《世说新语》式的《今世说》，反映出清代士大夫的生活面貌，而未能摆脱摹拟古人和标榜声气的积习；一般杂记琐闻的小说，如《壶天录》等，兼载时事，于志怪、传奇之外，别树一帜。历史琐闻类的笔记，有《池北偶谈》等综合性的著作，虽记史实，亦取小说；有《啸亭杂录》等专述清代典制的著作，内容出自见闻，较为详确；有《藤阴杂记》等写地方掌故风土的著作，数量之多，材料之丰富，均越过明代。考据辨证类的笔记，由《日知录》到《癸巳类稿》等书，对阅读古籍、了解古代典章制度和文字训诂等等，有一定的帮助。但其末流断断于一字一句的争论或渺茫难知的仪节、名物的考证，主观臆测，纷纭烦琐，教人一味在故纸堆里钻牛犄角，则不仅无益，而且有害了。

第八章　结束语

笔记的作用与缺点

历代笔记，浩如烟海，本书粗举大略，难免挂一漏万。但通过这一部分笔记的介绍，可以初步了解它们的作用与缺点。笔记小说，是古代短篇小说的一种，如《世说新语》和《聊斋志异》等，都有一定的现实性和较高的文学价值。一般记杂事、琐闻的笔记，无论叙事、说理、写景、抒情，全能挥洒自如，不受内容和形式的限制。因此，其中的优秀作品，如《陶庵梦忆》之类，就形成了独具风格的小品文。从史料方面来说，历代笔记内许多具体而详尽的记载，往往不见于官修的史书，足以帮助我们搞清事实真相。如关于宋元丰间官制改革的情况，宋庞元英《文昌杂录》内材料，即比《宋史》所记详确。明刘若愚《酌中志》揭露明天启间的宫廷内幕，亦为《明史》所不载。考据辨证类的笔记，作为阅读古籍的参考书，也能给人以多方面的知识，对学术研究有些辅助作用。

可是这些笔记的缺点，也相当严重。由于它们的作者，都是封建士大夫，所以维护封建统治，宣扬封建道德，美化统治阶级，诬蔑起义人民，诋毁进步人士等等，就成了很普遍的问题。神怪迷信的内容，在小说故事类和历史琐闻类的笔记里，亦大量存在。所叙事实，又往往真伪杂糅，难于分辨。再加上编排杂乱，把许多乱七八糟的东西放在一起，选择起来，也就不太容易。虽然有些笔记，大致以类相从，而内容之间，并没有什么联系。考据辨证类笔记所述，亦不免零零碎碎，枝枝节节，缺乏系统；互相抄袭，陈陈相因，更是各类笔记的通病。引用书证，又往往只凭记忆，或任意删改原文，常有错误。甚至有时说某语、某事见于某书，一经查对，才知根本没有。这种毛病，在明代士大夫中，尤为突出。因此，我们阅读时，应加以分析批判：吸取精华，扬弃糟粕；仔细鉴定，去伪存真。看清哪些是有用的材料，哪些是无稽之谈，不可轻信。于其中的引证，必须查对原书，方能使用。

国家新闻出版广电总局

首届向全国推荐中华优秀传统文化普及图书

大家小书书目

国学救亡讲演录	章太炎 著 蒙 木 编
门外文谈	鲁 迅 著
经典常谈	朱自清 著
语言与文化	罗常培 著
习坎庸言校正	罗 庸 著 杜志勇 校注
鸭池十讲（增订本）	罗 庸 著 杜志勇 编订
古代汉语常识	王 力 著
国学概论新编	谭正璧 编著
文言尺牍入门	谭正璧 著
日用交谊尺牍	谭正璧 著
敦煌学概论	姜亮夫 著
训诂简论	陆宗达 著
金石丛话	施蛰存 著
常识	周有光 著 叶 芳 编
文言津逮	张中行 著
经学常谈	屈守元 著
国学讲演录	程应镠 著
英语学习	李赋宁 著
中国字典史略	刘叶秋 著
语文修养	刘叶秋 著
笔祸史谈丛	黄 裳 著
古典目录学浅说	来新夏 著
闲谈写对联	白化文 著
汉字知识	郭锡良 著
怎样使用标点符号（增订本）	苏培成 著
汉字构型学讲座	王 宁 著

诗境浅说	俞陛云　著
唐五代词境浅说	俞陛云　著
北宋词境浅说	俞陛云　著
南宋词境浅说	俞陛云　著
人间词话新注	王国维　著　滕咸惠　校注
苏辛词说	顾　随　著　陈　均　校
诗论	朱光潜　著
唐五代两宋词史稿	郑振铎　著
唐诗杂论	闻一多　著
诗词格律概要	王　力　著
唐宋词欣赏	夏承焘　著
槐屋古诗说	俞平伯　著
词学十讲	龙榆生　著
词曲概论	龙榆生　著
唐宋词格律	龙榆生　著
楚辞讲录	姜亮夫　著
读词偶记	詹安泰　著
中国古典诗歌讲稿	浦江清　著 浦汉明　彭书麟　整理
唐人绝句启蒙	李霁野　著
唐宋词启蒙	李霁野　著
唐诗研究	胡云翼　著
风诗心赏	萧涤非　著　萧光乾　萧海川　编
人民诗人杜甫	萧涤非　著　萧光乾　萧海川　编
唐宋词概说	吴世昌　著
宋词赏析	沈祖棻　著
唐人七绝诗浅释	沈祖棻　著
道教徒的诗人李白及其痛苦	李长之　著
英美现代诗谈	王佐良　著　董伯韬　编
闲坐说诗经	金性尧　著
陶渊明批评	萧望卿　著

古典诗文述略	吴小如 著
诗的魅力 ——郑敏谈外国诗歌	郑 敏 著
新诗与传统	郑 敏 著
一诗一世界	邵燕祥 著
舒芜说诗	舒 芜 著
名篇词例选说	叶嘉莹 著
汉魏六朝诗简说	王运熙 著 董伯韬 编
唐诗纵横谈	周勋初 著
楚辞讲座	汤炳正 著 汤序波 汤文瑞 整理
好诗不厌百回读	袁行霈 著
山水有清音 ——古代山水田园诗鉴要	葛晓音 著
红楼梦考证	胡 适 著
《水浒传》考证	胡 适 著
《水浒传》与中国社会	萨孟武 著
《西游记》与中国古代政治	萨孟武 著
《红楼梦》与中国旧家庭	萨孟武 著
《金瓶梅》人物	孟 超 著 张光宇 绘
水泊梁山英雄谱	孟 超 著 张光宇 绘
水浒五论	聂绀弩 著
《三国演义》试论	董每戡 著
《红楼梦》的艺术生命	吴组缃 著 刘勇强 编
《红楼梦》探源	吴世昌 著
《西游记》漫话	林 庚 著
史诗《红楼梦》	何其芳 著 王叔晖 图 蒙 木 编
细说红楼	周绍良 著
红楼小讲	周汝昌 著 周伦玲 整理

曹雪芹的故事	周汝昌　著　周伦玲　整理
古典小说漫稿	吴小如　著
三生石上旧精魂 ——中国古代小说与宗教	白化文　著
《金瓶梅》十二讲	宁宗一　著
中国古典小说名作十五讲	宁宗一　著
古体小说论要	程毅中　著
近体小说论要	程毅中　著
《聊斋志异》面面观	马振方　著
《儒林外史》简说	何满子　著

我的杂学	周作人　著　张丽华　编
写作常谈	叶圣陶　著
中国骈文概论	瞿兑之　著
谈修养	朱光潜　著
给青年的十二封信	朱光潜　著
论雅俗共赏	朱自清　著
文学概论讲义	老　舍　著
中国文学史导论	罗　庸　著　杜志勇　辑校
给少男少女	李霁野　著
古典文学略述	王季思　著　王兆凯　编
古典戏曲略说	王季思　著　王兆凯　编
鲁迅批判	李长之　著
唐代进士行卷与文学	程千帆　著
说八股	启　功　张中行　金克木　著
译余偶拾	杨宪益　著
文学漫识	杨宪益　著
三国谈心录	金性尧　著
夜阑话韩柳	金性尧　著
漫谈西方文学	李赋宁　著
历代笔记概述	刘叶秋　著

周作人概观　舒　芜　著
古代文学入门　王运熙　著　董伯韬　编
有琴一张　资中筠　著
中国文化与世界文化　乐黛云　著
新文学小讲　严家炎　著
回归，还是出发　高尔泰　著
文学的阅读　洪子诚　著
中国文学1949—1989　洪子诚　著
鲁迅作品细读　钱理群　著
中国戏曲　么书仪　著
元曲十题　么书仪　著
唐宋八大家
——古代散文的典范　葛晓音　选译

辛亥革命亲历记　吴玉章　著
中国历史讲话　熊十力　著
中国史学入门　顾颉刚　著　何启君　整理
秦汉的方士与儒生　顾颉刚　著
三国史话　吕思勉　著
史学要论　李大钊　著
中国近代史　蒋廷黻　著
民族与古代中国史　傅斯年　著
五谷史话　万国鼎　著　徐定懿　编
民族文话　郑振铎　著
史料与史学　翦伯赞　著
秦汉史九讲　翦伯赞　著
唐代社会概略　黄现璠　著
清史简述　郑天挺　著
两汉社会生活概述　谢国桢　著
中国文化与中国的兵　雷海宗　著
元史讲座　韩儒林　著

魏晋南北朝史稿	贺昌群　著
汉唐精神	贺昌群　著
海上丝路与文化交流	常任侠　著
中国史纲	张荫麟　著
两宋史纲	张荫麟　著
北宋政治改革家王安石	邓广铭　著
从紫禁城到故宫 ——营建、艺术、史事	单士元　著
春秋史	童书业　著
明史简述	吴　晗　著
朱元璋传	吴　晗　著
明朝开国史	吴　晗　著
旧史新谈	吴　晗　著　习　之　编
史学遗产六讲	白寿彝　著
先秦思想讲话	杨向奎　著
司马迁之人格与风格	李长之　著
历史人物	郭沫若　著
屈原研究（增订本）	郭沫若　著
考古寻根记	苏秉琦　著
舆地勾稽六十年	谭其骧　著
魏晋南北朝隋唐史	唐长孺　著
秦汉史略	何兹全　著
魏晋南北朝史略	何兹全　著
司马迁	季镇淮　著
唐王朝的崛起与兴盛	汪　篯　著
南北朝史话	程应镠　著
二千年间	胡　绳　著
论三国人物	方诗铭　著
辽代史话	陈　述　著
考古发现与中西文化交流	宿　白　著
清史三百年	戴　逸　著

清史寻踪	戴　逸　著
走出中国近代史	章开沅　著
中国古代政治文明讲略	张传玺　著
艺术、神话与祭祀	张光直　著 刘　静　乌鲁木加甫　译
中国古代衣食住行	许嘉璐　著
辽夏金元小史	邱树森　著
中国古代史学十讲	瞿林东　著
历代官制概述	瞿宣颖　著
宾虹论画	黄宾虹　著
中国绘画史	陈师曾　著
和青年朋友谈书法	沈尹默　著
中国画法研究	吕凤子　著
桥梁史话	茅以升　著
中国戏剧史讲座	周贻白　著
中国戏剧简史	董每戡　著
西洋戏剧简史	董每戡　著
俞平伯说昆曲	俞平伯　著　陈　均　编
新建筑与流派	童　寯　著
论园	童　寯　著
拙匠随笔	梁思成　著　林　洙　编
中国建筑艺术	梁思成　著　林　洙　编
沈从文讲文物	沈从文　著　王　风　编
中国画的艺术	徐悲鸿　著　马小起　编
中国绘画史纲	傅抱石　著
龙坡谈艺	台静农　著
中国舞蹈史话	常任侠　著
中国美术史谈	常任侠　著
说书与戏曲	金受申　著
世界美术名作二十讲	傅　雷　著

中国画论体系及其批评	李长之　著
金石书画漫谈	启　功　著　赵仁珪　编
吞山怀谷 ——中国山水园林艺术	汪菊渊　著
故宫探微	朱家溍　著
中国古代音乐与舞蹈	阴法鲁　著　刘玉才　编
梓翁说园	陈从周　著
旧戏新谈	黄　裳　著
民间年画十讲	王树村　著　姜彦文　编
民间美术与民俗	王树村　著　姜彦文　编
长城史话	罗哲文　著
天工人巧 ——中国古园林六讲	罗哲文　著
现代建筑奠基人	罗小未　著
世界桥梁趣谈	唐寰澄　著
如何欣赏一座桥	唐寰澄　著
桥梁的故事	唐寰澄　著
园林的意境	周维权　著
万方安和 ——皇家园林的故事	周维权　著
乡土漫谈	陈志华　著
现代建筑的故事	吴焕加　著
中国古代建筑概说	傅熹年　著
简易哲学纲要	蔡元培　著
大学教育	蔡元培　著 北大元培学院　编
老子、孔子、墨子及其学派	梁启超　著
春秋战国思想史话	嵇文甫　著
晚明思想史论	嵇文甫　著
新人生论	冯友兰　著

中国哲学与未来世界哲学	冯友兰　著
谈美	朱光潜　著
谈美书简	朱光潜　著
中国古代心理学思想	潘　菽　著
新人生观	罗家伦　著
佛教基本知识	周叔迦　著
儒学述要	罗　庸　著　杜志勇　辑校
老子其人其书及其学派	詹剑峰　著
周易简要	李镜池　著　李铭建　编
希腊漫话	罗念生　著
佛教常识答问	赵朴初　著
维也纳学派哲学	洪　谦　著
大一统与儒家思想	杨向奎　著
孔子的故事	李长之　著
西洋哲学史	李长之　著
哲学讲话	艾思奇　著
中国文化六讲	何兹全　著
墨子与墨家	任继愈　著
中华慧命续千年	萧萐父　著
儒学十讲	汤一介　著
汉化佛教与佛寺	白化文　著
传统文化六讲	金开诚　著　金舒年　徐令缘　编
美是自由的象征	高尔泰　著
艺术的觉醒	高尔泰　著
中华文化片论	冯天瑜　著
儒者的智慧	郭齐勇　著

中国政治思想史	吕思勉　著
市政制度	张慰慈　著
政治学大纲	张慰慈　著
民俗与迷信	江绍原　著　陈泳超　整理

政治的学问	钱端升　著　钱元强　编
从古典经济学派到马克思	陈岱孙　著
乡土中国	费孝通　著
社会调查自白	费孝通　著
怎样做好律师	张思之　著　孙国栋　编
中西之交	陈乐民　著
律师与法治	江　平　著　孙国栋　编
中华法文化史镜鉴	张晋藩　著
新闻艺术（增订本）	徐铸成　著
经济学常识	吴敬琏　著　马国川　编
中国化学史稿	张子高　编著
中国机械工程发明史	刘仙洲　著
天道与人文	竺可桢　著　施爱东　编
中国医学史略	范行准　著
优选法与统筹法平话	华罗庚　著
数学知识竞赛五讲	华罗庚　著
中国历史上的科学发明（插图本）	钱伟长　著

出版说明

“大家小书”多是一代大家的经典著作，在还属于手抄的著述年代里，每个字都是经过作者精琢细磨之后所拣选的。为尊重作者写作习惯和遣词风格、尊重语言文字自身发展流变的规律，为读者提供一个可靠的版本，“大家小书”对于已经经典化的作品不进行现代汉语的规范化处理。

提请读者特别注意。

北京出版社